佳人棋事

冯 萍 ◎ 著

时代出版传媒股份有限公司
安徽文艺出版社

图书在版编目（CIP）数据

佳人棋事/冯萍著.--合肥：安徽文艺出版社,2021.8
ISBN 978-7-5396-7271-7

Ⅰ.①佳… Ⅱ.①冯… Ⅲ.①长篇历史小说－中国－当代 Ⅳ.①I247.5

中国版本图书馆 CIP 数据核字(2021)第 161889 号

出 版 人：段晓静
责任编辑：秦知逸　李　芳　　　　　装帧设计：张诚鑫

出版发行：时代出版传媒股份有限公司　www.press-mart.com
　　　　　安徽文艺出版社　www.awpub.com
地　　址：合肥市翡翠路 1118 号　邮政编码：230071
营 销 部：(0551)63533889
印　　制：合肥创新印务有限公司　(0551)64456946

开本：880×1230　1/32　印张：5.375　字数：120 千字
版次：2021 年 8 月第 1 版
印次：2021 年 8 月第 1 次印刷
定价：29.00 元

(如发现印装质量问题，影响阅读，请与出版社联系调换)

版权所有，侵权必究

目　　录

一　为红颜离开梅谷 / 001

二　金小梅 / 015

三　开局 / 026

四　小梅学棋 / 037

五　逍遥棋社 / 044

六　丢失《梅谷棋谱》/ 062

七　小王爷 / 067

八　第二局 / 075

九　恩怨难了 / 079

十　梅谷之乱 / 096

十一　孔庙之遇／114

十二　江湖的血雨腥风／120

十三　第三局／124

十四　朱文纯的帮助／134

十五　梅谷残局／151

十六　尾声／163

后记／166

一　为红颜离开梅谷

明朝初年,刚刚从元末的暴政和战乱中恢复过来,京城的商业逐步繁荣,在秦淮河畔拥挤着很多商铺,堪比宋朝时《清明上河图》的繁华。

元末多年战乱,再加上朱元璋即位之初曾以防止人民玩物丧志为由,一度在民间禁止下棋,以致国手难存,但是民间对象棋的热爱还是愈演愈烈,尤其是京城,开设了许多家棋社。

当时,京城有两家最大的棋社,二龙争珠一样:一个是梅谷棋社,另一个是逍遥棋社。梅谷棋社的社长叫金铁岭,逍遥棋社的社长是汪文风,他们年轻的时候都曾拜冲虚道长为师,是冲虚道长最得意的两位徒弟。这冲虚道长虽然终年隐居梅谷,却大有来历。他的师父是元末的大国手田思义。当年田思义在梅谷广收弟子,传授棋艺,而冲虚是他最得意的弟子。元末兵祸,梅谷也难以幸免,弟子流散,或躲藏起来,或加入抗元的队伍,只有冲虚道长不忍离开,一直留在师父身边。在田思义死后,冲虚看破了红尘,觉得下棋不如顺其自然来得自在，于是就寄情于山水。他平生只收了两个门生——金铁岭和汪文风，因为两人资质聪颖，经过层层的测试，终于成了冲虚道长的高徒。

金铁岭和汪文风在冲虚那里学艺的时候，虽然情同手足，且棋艺不相上下，但是棋风迥异：一个飘逸凌然，一个沉稳坚定，如同一个是诗仙李白，一个是诗圣杜甫。金铁岭下棋的时候，行棋如行云流水，环环相扣，刚柔兼备。汪文风则勇猛刚健，很会弃子强攻。

他们所在的梅谷以梅花为名。梅谷到了一月，就香气满谷。梅谷种有各种各样的梅花，有宫粉梅、叶梅、绿萼梅、大红梅等等，有黄色的、红色的，还有粉色的，开满了山谷。"无意苦争春，一任群芳妒。"梅谷中的人都有一种桀骜不驯的才气。

梅谷依山傍水，到了春天，冰雪在梅花上融化的时候，潺潺的雪水就汇成一股清泉流了下来。到了夏天，师兄弟随着师父寄情山水，领悟天地变换的奥秘，因而棋艺大长。

冲虚道长告诉他俩，自己曾经和田思义一起写过一部《梅谷棋谱》，上面记载着高深的象棋技巧。两人都想得到这部棋谱，得到师父的真传。每当两人或谈笑，或试探，打听这部秘籍的下落的时候，冲虚道长都只是微微一笑，说："时候未到，不要着急。"

这是什么禅机呀？两人闷闷不乐。一晃在梅谷五年，两人都未见到师父使出最厉害的着数。

两人不知道的是,这《梅谷棋谱》并不只是棋谱而已,还是一份藏宝图。当年田思义对元朝暴政十分不满,决心为抗元出一份力。他四处搜集组织军队需要的财宝,其中很多财宝都是富有的家族贡献出来的。财宝还没有动用,抗元就已经胜利了。于是田思义把这些财宝藏了起来,又将寻找宝藏的线索藏在了棋谱里。这期间,冲虚一直陪在田思义身边,却一直保守着宝藏的秘密,师父死后他对徒弟也并未吐露分毫。

终于有一天,金铁岭和汪文风觉得谷中清幽寂寞难耐,两人无聊地翻弄着棋子,这时,金铁岭说:"文风,要不我们出谷一趟,和江湖上的高手对弈,总比对着高山流水强!"

汪文风眼睛一亮,说道:"这个主意太好了。我们马上下山吧。"

于是两人一拍即合,悄悄地溜出了梅谷。

金铁岭和汪文风来到了京城,看到了京城的繁华。街道上,商铺林立,酒香飘远。他们还看到了京城开着一些大大小小的棋社,他们走进一家,随意地下了几盘棋,皆以七着制胜。他们光顾的这家棋社叫天才棋社,两人高超的棋艺引起了这家棋社社长的注意。老板揉增南满脸堆笑地上前和两位打招呼,问道:"你们的棋艺如此高超,敢问谁是你们的师父呀？"

汪文风和金铁岭对视了一下，然后汪文风笑道："我们只不过是无名小卒，您无须记挂谁是我们的师父。"

说罢，两人甩袖离开。

天才棋社的老板揉增南事实上也是梅谷田思义的弟子，元末兵荒马乱之时，他离开了梅谷，躲到了乡下宅院。看到刚才下棋的两位年轻人行云流水的棋风，揉增南立刻意识到他们也是梅谷的弟子。他悄声地和眼线嘀咕了一些话，眼线点了点头，悄悄地跟了上去。揉增南曾返回梅谷看望师父，无意中听到田思义和冲虚谈论把宝藏线索藏在棋谱中的事情，多年来他一直默默留心。如今看到的这两个梅谷弟子，他猜想他们会不会有棋谱的下落？

富有商业头脑的汪文风半开玩笑地说道："你觉得今天怎么样？"

"及时行乐！我从来没有感受过纸醉金迷的生活。非常痛快！"金铁岭哈哈一笑，说道。

"你有没有考虑过，我们两人离开梅谷，自己开两家棋社？"

金铁岭吃了一惊，陷入思虑之中。

"你不是要出家吧？"汪文风故意问。

"当然不是。"

"那就该听我的。"汪文风哈哈大笑道。

这个时候,汪文风想到一个主意,说道:"我听说京城有很多温柔乡,不如我们走入其中一家,见见那里的姑娘们。"

金铁岭羞得满脸通红,不大愿意。

"听哥的,一定没错。"汪文风笑道,不由分说地拉着师弟到了京城的一个温柔乡——怡红馆。

他们去的这个怡红馆恰好是京城最著名的烟花之地,因一位叫雯雯的女子而闻名。她不仅貌美如花,被誉为京城第一美女,而且琴棋书画样样精通,是怡红院的招牌,吸引了很多达官贵人来访。雯雯的仰慕者太多,她也被老鸨精心保护着,卖艺不卖身。

然而红颜易老,雯雯接客之后常常以泪洗面。她弹奏一曲古琴,不由得悲从中来:何时才可以找到一个白头不相离的人,把她赎出去,过平凡人的生活呢?她渴望着富有烟火味的日子。

金铁岭和汪文风误打误撞地来到了怡红馆。他们走入怡红馆的时候,恰好碰到了下楼的雯雯,两人不由得发呆,愣愣地盯着雯雯,被她的美貌所震惊了。"巧笑倩兮,美目盼兮",可以用《诗经》里的这句话来形容雯雯的美貌。

雯雯见金铁岭和汪文风瞪着眼睛,张着嘴,愣在了那里,就用团扇遮住嘴,打趣道:"你们两人来做什么?"

"嗯……嗯……我们来这里看看。"汪文风结结巴巴地说道,他感到自己心跳加快。而金铁岭则彻底傻了,一句话都说不出来。

雯雯一改之前的规矩,偷偷地把两人带到自己的房间。两人顺从地跟着雯雯上了楼,一直低着头也掩饰不了他们加速的心跳。

到了雯雯的房间里,两人都贴着墙壁,呆呆地立在那里。看到两人这个样子,雯雯觉得又好气又好笑,她问道:"你们是干什么的?"

平静了一会儿,汪文风答道:"我们是梅谷弟子。姑娘,您知道梅谷吗?"

"梅谷?田思义吗?"

"对,他是我们的祖师爷。"

"国手的弟子,小女子佩服。"此时,雯雯鞠了一躬,已经泪流满面。

两人惊呆了,不知道雯雯为何如此伤心。雯雯便弹了一曲《少年不知愁滋味》。

她讲述了自己的身世,因为宦海浮沉,家道中落,被迫堕入风尘。

"这不是你的错,是命运和你开的玩笑。风尘女子怕什么?不知比那些锁在深闺的娇小姐强多少倍!"金铁岭义愤填膺地说道。

雯雯一笑,表示感激。

"我说的是真的,很多风尘女子巾帼不让须眉。"金铁岭急切地说道。

雯雯感到一阵暖流涌上心田。

自此,两师兄弟同时爱上了雯雯,他们各自决定离开梅谷,前往京城开个棋社,把雯雯赎出去。

两师兄弟闷闷不乐地回到了梅谷,冲虚道长已经坐在凉亭里等着他们了。梅谷的清气已经无法再让两个内心躁动的男人感到心安了。他们觉得这里的高山流水、松风云海变得如此暗淡无奇。他们心里只记得一个女人不幸的身世,这个身世让他们心潮澎湃,坐卧不安,如果不能解决这件事情,恐怕他们永远都无法安心下棋了。

冲虚道长见二人回来面色不安的样子,已经猜到了几分。他笑道:"今日为师出谷,你们也出谷了。外面的世界很吸引你们吗?"

两人点点头,感觉非常羞愧。他们并不想撒谎,于是简单地告诉了师父开棋社的计划,当然两人没有提到雯雯。

冲虚道长在两人回答之前就已经猜出了端倪,于是他说道:"看来这里已经不适合你们了。你们来自红尘,自然要回归红尘。请记住,作为一名棋手,一定要下正棋。即使做不了国手,也一定要下好人生之棋。行一棋不足以见智,弹一弦不足以见悲。三思而后行。下棋的真谛是在人生中以不争为胜。"

两人面面相觑,各有各的心思。

"你们出谷吧!开个棋社,记住把梅谷之棋发扬光大。"

两人已然热泪盈眶。

当晚,正当金铁岭收拾东西时,师父敲门了。

"师父!"

"我来是送你一本棋谱,这是田思义——你祖师爷和我一起编的。"

"啊,是《梅谷棋谱》!"金铁岭的手颤抖着,"师父,为什么给我呢?"

"你的棋风如行云流水,不被世俗所拘束,只有心正眼快的人才可得到我的真传。这个古谱上有一些非常有意思的棋局,你可以慢慢参详,但是一定要小心,不要让这本书落入坏人手里。至于汪文风,我不希望你把这本书给他看,不过如果你执意与他分享的话,为师也不阻挠。"

"谢谢师父。"金铁岭突然感到羞愧,他说道,"我出谷是为了娶一位风尘女子。"

冲虚道长微微一笑:"无论如何,只要你做出了承诺,就该履行。自古痴情女多,到处都是负心汉。不要辜负一段良缘。你可不计较此女子的出身和过去而接受她,证明你也是一位良心才子和一名好棋手。这才是人生之棋呀!你能摆脱世俗偏见,慧眼识珠,可见你见识非凡,重情重义。"

"师父,恐怕我和师兄同时喜欢上了她。"

冲虚微微一笑:"一切随缘吧!"

金铁岭和汪文风同时出了梅谷,两人都是一副惆怅的样子。汪文风苦恼地说:"临走前,师父都没把《梅谷棋谱》传给我。"金铁岭忙说道:"师父昨晚给我了,一共有两卷,上卷'得先'和下卷'让先'。不如我拿上卷,你拿下卷,我们一起开棋社,互相帮助如何?"

汪文风听着,心里很不是滋味,为什么师父在我们出谷的时候把秘籍传给了金铁岭,而不是我?我们师兄弟的棋艺可不相上下呢!金铁岭到底有什么比我好?而且他比我穷,还是呆瓜一个!

既然这个呆子不知是真傻还是假傻,要把秘籍下卷给我,我就当仁不让了!

于是,汪文风满脸堆笑,说:"谢谢你,师弟。"

"没事儿。"金铁岭真心高兴。然而一想到雯雯,他不由得心中堵了一口气。如果在江山和美人之间让他做选择,他宁愿为了美人而放弃江山。

汪文风借给了金铁岭一点银子,让他自己开个棋社。金铁岭因思念师父,就把棋社命名为"梅谷棋社"。而汪文风则对无拘无束的新生活充满了期待,他很高兴自己又可以回归学棋前的公子哥的生活。汪文风把自己的棋社命名为"逍遥棋社",希望自己珍惜当下,一生逍遥快乐!

两人各自招收了弟子,稳定下来之后,开始拜访怡红馆的雯雯。雯雯以为这两位公子不过是萍水相逢,对他们的再度来访没有抱有任何幻想,依然过着纸醉金迷、身不由己的痛苦生活。她表面上对客人笑脸相迎,实际上对这些人充满了鄙夷。

汪文风首先来拜访了雯雯,雯雯正在对着镜子顾影自怜。汪文风说:"姑娘,近来可好?为什么消瘦如此之多?"

雯雯猛一回头,看到了汪文风,立刻泪流满面。汪文风把雯雯搂在了怀里。

一夜春宵之后,雯雯递给了汪文风一块手帕,上面绣着一对鸳鸯。从第一次见到汪文风起,雯雯就爱上了汪文风,于是她一有时间就开始绣这块带着鸳鸯图案的手帕,以寄托自己的相思之情,当然她对再次见到汪文风没有抱着念想。当再一次见到汪文风时,惊喜之余,雯雯决定表达自己的感情。

雯雯说:"您愿意赎我出去吗?"

"愿意,你等我,我和我父亲商量一下。"

"好,我已钟情于你,希望你可以履行自己的承诺。不要让我做第二个霍小玉。"

"好,好。"汪文风把雯雯的手帕揣到了怀里。

汪文风回到家里,和父亲说了自己准备娶雯雯一事。汪老听了大发雷霆,吼道:"你这个孽障,竟然要把一个风尘女子娶到汪家来!你的棋练得怎么样了?"

"五年来我学了一些棋,得了《梅谷棋谱》的下卷。"

"你这样地位的人怎么可以自甘堕落?你的婚事早已定了,必须和张家大小姐结婚。"汪文风的父亲严厉地说道。

"张家大小姐是张大人的女儿吗?"汪文风眼前一亮。

"对。"老爷子看着他的儿子。

"嗯……"

汪文风嘴里嘟囔着,觉得自己很没面子,但心里盘算着和张小姐结亲一定是一件好事,而他和雯雯的感情,不过是露水姻缘。

汪老了解自己的儿子,知道他面子上过不去,心里却同意了。汪老满意地捋着自己的胡须,说道:"好好想想如何经营自己的棋社吧!"

汪文风从汪府出来的时候,感慨万千,仿佛一天之内看破了世态炎凉。也许父亲是对的,必须活在现实之中。

他找到了金铁岭。两人在京城的一家茶馆相见。

"你的棋社怎么样?"汪文风问道。

"还好,收了几个弟子,勉强糊口吧!谢谢师兄借给我钱。"

"嗯,你见过雯雯吗?"

"没有。"

"你胡说吧!怎么可能呢?"

金铁岭突然变得严肃起来,说道:"汪文风,我确实见过她一次,但她的整颗心都在你身上。"

汪文风觉得自己双颊发烧,吞吞吐吐地说:"我们不可能了,我要结婚了。"

"什么?"金铁岭的手狠狠地在桌子上一拍,"你这样做和在雯雯心上插一把刀有什么区别?"

汪文风觉得心中一痛,但他狠了狠心,说:"有时候人们有缘无分呀!你可以帮我一个忙吗?"

"任何忙都可以!"金铁岭拍着胸脯说道。

"替我和雯雯解释。"

"唉,你做的什么事……好吧。"金铁岭拿过了雯雯送给汪文风的手帕,心中不由得一酸。为什么雯雯更倾心于这个浪子呢?

金铁岭厚着脸皮来到了怡红馆。雯雯看到金铁岭过来,以为自己要被赎出去,结束这段风尘生活,然而当她看见金铁岭吞吞吐吐的样子时,她心里已经明白了几分。

金铁岭什么也没说,只送还了雯雯手帕。

雯雯本想把手帕剪碎,但金铁岭一下抱住了她。

"你愿意嫁给我吗？"

雯雯心中感到一阵剧痛，然而听到金铁岭的提亲，她突然悲喜交加，一时间不知所措。

"你愿意吗？若愿意，我明天就娶你。我虽然没有师兄富有，但我也是开棋社的，至少可让你衣食无忧。"

雯雯没说话。

"你不愿意吗？"金铁岭急了，不知道该如何用合适的话表达他的感情。

雯雯终于回过神来，不知是喜是悲，说道："好，我愿意。"

金铁岭言行一致，回到家后，他四处筹钱。几天后，金铁岭就拿出了大笔的银子，从老鸨那里赎出了雯雯，八抬大轿、光明正大地娶走了雯雯。

这个故事闹得全城沸沸扬扬，汪文风自然听到了这个消息。才子与佳人成了京城的美谈，汪文风内心却燃起一股妒火。他不仅记恨金铁岭娶走了雯雯，做了自己不敢做的事，而且妒忌师父把《梅谷棋谱》传给了金铁岭。在金铁岭掀开雯雯盖头的那一刻，汪文风把手里的酒杯摔在地上。他发誓从今以后，梅谷棋社和逍遥棋社不共戴天。

自从金铁岭娶走了雯雯之后，金铁岭和汪文风就再也没有对弈过。十几年来，金铁岭稳扎稳打，棋社越办越好，梅谷棋社传承了田思义祖师爷的精神，如同梅花凌霜傲雪，有文人的风骨,又有侠士的精神。而汪文风的逍遥棋社在巨大的资产背景之下发展壮大,成了京城第一大棋社,出入其间的都是达官贵人、文人墨客。汪文风还在棋社里增设了品茶、听戏等活动项目,供棋士们休憩。

这是上一辈人的恩怨。

二　金小梅

金小梅就是金铁岭和号称京城第一美女雯雯的女儿。她并不知道上辈人的恩怨,也不知母亲的身世,从小在梅谷棋社里快乐地生活着。

金小梅继承了母亲的标致,但没有母亲的柔弱,她古灵精怪,有一双大大的、水灵灵的眼睛,一眨眼就是鬼点子。她的鼻子骄傲地向上翘起来,让人们觉得她既可以接近,又难以捉摸。金小梅是复杂的,有很多稀奇古怪的想法。小时候她喜欢和师兄弟们一起爬树,偷偷地赌棋,又读了母亲带过来的经史子集,可以说是少有的小家碧玉。

对于金小梅来说,她成长的地方是充满色彩的。尽管梅谷棋社的布局非常朴素,但是看起来非常优雅,所有的装饰品位很高。院内种着许多不同种类的鲜花和树木,有柳树、梧桐树、松树、枇杷树等。一年四季,景致不同。

金小梅最喜欢的季节是冬天。她喜欢看冬日漫天飞扬的雪花,同时也喜欢院里的梅树。到了冬天,雪花把一切都变得晶莹澄澈。金小梅会收集花瓣上的雪,封在罐子里,然后把罐子埋在地下,等到来年春天再取出来,用于煮茶。

她最喜欢喂池塘里的鲤鱼，觉得自己和那些长着胡须的智者非常相像。她最不喜欢的工作是照看家里的菜园子，经常找借口，躲避照看菜园子的工作。

金小梅从小被父母视为掌上明珠，也极受师兄弟们宠爱。她也非常呵护师兄弟们，愿意为他们打抱不平，之后再嘻嘻哈哈地向师兄弟们讨要好处。

自金小梅有记忆以来，象棋就是她生命里的一部分。当她年龄大些的时候，她越来越喜欢象棋了。她一直觉得每一颗棋子后面都隐藏着一个秘密。每当她看到那些圆圆的、散发着香气的棋子，她就觉得非常好奇。她总趁招待客人的时候暗中留意每一场比赛，然而她的父亲不肯教她象棋。

其中有很多原因。要下棋，就有输棋的可能，下错了的话，一步错，步步错。他宁愿自己的女儿无忧无虑地成长。其次出于礼教大防，他不想让女儿和男人们一起下棋。他的妻子曾经是风尘女子，虽然他嘴里没说，但心里害怕，开棋社和做生意都是有风险的，假如有一天，他丢失了这一切，自己的女儿会不会成为第二个雯雯？

金小梅对此浑然不知。她很有天赋，她喜欢争夺第一，也喜欢听落棋子的声音。她从小仰慕花木兰这样的女将，希望自己可以和她一样。女人的直觉告诉她，光有一个漂亮的脸蛋是不够的，必须有足够的聪明才智。尤其是自古红颜多薄命,如果她掌握一技之长,起码有了讨价还价的资本。

金小梅觉得父亲很愚钝。可母亲也反对她学棋,说女子不适合学棋。金小梅看着有些发福的母亲,心里叛逆地嘀咕着,难道我也要成为母亲这个样子吗?金小梅不高兴地噘了噘嘴。在她眼里,母亲只是一个平凡的女人。

金小梅想尽办法偷学棋。她躲在门后偷听父亲教授弟子们棋艺的要领,隐隐约约地听到了一些象棋的口诀,诸如"羊角士上,不怕马来将。炮入冷巷,难兴风浪"等。

金小梅不高兴地在纸上画上了楚河和汉界,自己一边回忆,一边拿石子当作棋子,摆着位置。

有一次金小梅的师兄张征偷拿了师父的三两银子去买酒喝。金铁岭冲弟子们大发雷霆:"下象棋的人最忌讳偷鸡摸狗之事,只有心正才可以行好棋,不会贪子,掉入陷阱。"

金小梅心里一惊,父亲有把偷钱的人逐出师门的意思。她觉得父亲有点夸大其词了。人非圣贤,孰能无过?父亲值得为三两银子生气吗?!

在金铁岭继续厉声责骂弟子之际,金小梅闯了进来。"小梅,你来干什么?"父亲凶巴巴地说。

"因为您醉了。"

"我醉了?"金铁岭瞬间感到摸不着头脑,"你别来捣乱!"

"我昨天做了个梦,梦到父亲醉了,把银子放在了其他地方,第二天,却忘记放哪了。这是菩萨对您行为霸道的一个小惩罚。"

"你胡说什么!想挨板子吗?"

张征偷偷地看着金小梅,从此刻起,小梅的一颦一笑深深地印在了他的脑海里。他发誓一定要用一生呵护这个此刻维护着自己的女孩。

小梅没有惧怕威严的父亲,她挺起胸来,注视着父亲的眼睛,挑战着父亲:"父亲,不信我们就打个赌:如果明天早上银子没有在您包里出现,您就按您的方法处置;如果银子回来的话,父亲不能再追究下去。"

金铁岭好奇地盯着自己的女儿,不知道她能变出什么花样来。他心中疑惑,既然女儿这么说,难道真的是他错了?

金铁岭努力保持着自己的威严,说道:"好。"

然后金铁岭甩袖就走了。

父亲走后,金小梅头也不回地走了。张征看着小梅纤细却刚强的身影,心里非常着急。银子是他偷的,这个女孩想干什么?

金小梅早有了打算。虽然她不大会下棋,但她还是耳濡目染地了解了一些,加上她天资聪颖,稍一点拨,便可无师自通。金小梅偷偷地女扮男装,心惊胆战地出了棋社,她不确定自己的计划是否可以成功。不过,她想测试自己对象棋的理解。终于,她找到了一家小棋社,走了进去。棋社里非常温暖,人声嘈杂,空气中弥漫着汗臭味和尘土味。她环视着四周,看到有一个人从自己的位置上站了起来。她快速地坐到了他的位置上,开始赌眼前这盘棋谁会赢。她微微思索了一下,决定赌年龄较大的棋手会赢这盘棋。然而周围的看客持有不同的观点,他们都认为年轻的棋手会赢。金小梅把钱放在了桌子上,她决定遵照自己的直觉。随着棋局的展开,金小梅感到既紧张又激动。她握紧拳头,像其他人一样挥舞着手臂,暗自祈祷。不过金小梅非常幸运,她赌赢了棋。

她知道第一次赌棋,人们往往都是幸运的。拿到三两银子之后,她见好就收,离开了。

晚间,她偷偷地溜到了父亲的房间,把这三两银子放到了父亲的衣袋里。她刚把银子放进去就听到了父亲的脚步声,慌忙从屋子里逃了出来。

第二天,金铁岭叫所有的弟子和小梅到了授课屋。张征脸上红一块白一块的,既对小梅非常担心,又恨自己的懦弱。为什么自己不在师父面前主动认错呢?为什么把自己的名誉看得那么重?

一阵纠结,张征做出了决定。他开口说道:"师父……"

"父亲!"金小梅立刻打断了他,笑着对父亲说,"您看看自己的兜里,钱是不是在?"

金铁岭皱了皱眉,他讨厌女儿的胡闹,但还是伸手往兜里一揣。他摸到衣兜里沉甸甸的三两银子。

师兄弟们都交头接耳,大家觉得莫名其妙,连金铁岭都开始怀疑是不是自己记错了。

金铁岭说:"大丈夫一诺千金,我说到做到,这三两银子的事,我就不再追究了。我们可以下棋了。"

张征一脸惭愧,他知道金小梅为他做的一切,但不知道她是如何做到的。对于他来说,金小梅如同仙女一样美丽。

张征找到金小梅,问她到底是怎么做到的。

"小梅,你是如何拿到银子的?"

小梅没有理他,继续画着棋盘,一副若无其事的样子。

"小梅,我错了,银子是我偷的,我吃酒去了。你是如何把银子变回来的呢?"

"我会法术。"金小梅做了个鬼脸。

"小梅,告诉我吧!你都要让我急死了。我宁愿跳入黄河,也不愿你受半分委屈。"

"我赌棋去了。"金小梅掩饰着自己的心慌与不安,假装无所谓地说道。

"什么?小梅,你怎么能赌棋呢?"张征觉得自己要哭了。

"嘘。"金小梅瞅了瞅周围,说道,"你想报答我的话,以后再也不能偷东西了。"

"小梅,我向你发誓,我会用生命守护梅谷棋社的。"

金小梅浅笑了一下,露出了两个深深的酒窝。张征呆呆地看着,金小梅又笑了一下,走开了。

"站住!"父亲在后面厉声喝道。
金小梅骄傲地抬起头,怏怏地朝父亲一笑。
"你到底做了什么?哪里来的银子?"
"我赌棋了!"金小梅倔强地说。
啪的一声,父亲一个巴掌打到了金小梅的脸上。金小梅觉得自己的脸火辣辣地疼,她本想"哎哟"叫一声,却强忍住。
"你再敢这样,我就掐死你!"父亲怒火冲天地说,"作为一个棋手,最可耻的事情就是去赌棋,因为运气决定了赌棋的输赢,如果赌赢了一次棋,就会迫不及待地赌第二次。如果赌输了,你会不肯认输,一定要继续赌棋,直到赢了才肯罢休。知道吗?这是非常危险的。"
"这怨我吗?谁让你不教我棋,而且那么残忍?您难道不知道每个人都会犯错吗?因为这点小事而责罚师兄弟们,大家对你只有畏惧,如何能潜心和你下棋?如何才能让人们对你无比真诚?"
金小梅的这一番话让金铁岭目瞪口呆,他一方面觉得自己作为父亲的威严被挑战了;另一方面,他觉得女儿的这一番话说得有理。如今生意上的事情越来越烦心,他师兄的逍遥棋社常常挖他的弟子。也许这就是为什么他会因为一点小事而发这么大的火。

　　金小梅看着父亲在一旁发愣,依然没提学棋的事情,就赌气离开了。她心里有说不出的难受,为什么女孩就不能下棋呢?她不甘心,决定偷偷地学。

　　金小梅从小在棋社里长大,每天看到的都是形形色色的人在下棋,听到的都是落棋子的声音。这些学徒有富家子弟,也有寒门之后。金小梅看到这些人下棋,有的学成了,成了高手,有的因棋变得高瞻远瞩,有人下棋时贪图小便宜,也有人因此玩物丧志,有的人为了捷足先登,使尽了各种手段。棋社就如同一个万花筒,各种各样的人生都浓缩在二十六个棋子里,不同的人要面对不同的命运。

　　金小梅见过有人输棋而闹事的,把棋桌掀了个底朝天,也见过一些臭男人越下棋越激动,甚至乱发脾气,还有人棋风不好,患得患失。金小梅心里暗笑男人都怕输棋,如果他们输给了我,该怎么办?会不会觉得很没面子?

　　金小梅开始对父亲大吵大嚷:"凭什么我不能学棋?你还没教我,怎么知道我学棋没有天赋?"

　　"不能学就是不能学,没理由!"金铁岭觉得很心烦,就把金小梅一个人锁在了屋里。

　　金小梅的母亲中午过来给她送饭,小梅哭着和母亲说:"母亲,您能跟父亲说一声吗?我想学棋。"

"不行。"

母亲的声音温柔而又坚定。

"为什么?"金小梅的眼泪哗啦啦地流下来。

雯雯一脸麻木地说:"你父亲总是对的,要听他的话。"

金小梅觉得很恼火,就把碗筷一摔,说:"我不吃了,除非你们教我下棋,否则我就绝食!"

母亲摇摇头,没说话,走开了。

金小梅又气又恼,母亲的沉默要比父亲的大声斥责伤害她更深。到了现在,金小梅才意识到自己多么希望得到母亲的支持。

两天过去了,金小梅一直待在自己的房间里。她画着棋盘,回忆着自己偷偷看到的对弈画面。

正在她冥思苦想的时候,门突然开了。金小梅以为是父亲,赌气地说道:"走开,不教我棋,我就不出去,不吃饭。"

"大小姐,哪来的这么大的脾气!"一个柔和温暖的声音说道。金小梅感到一阵暖意掠过自己的心头。

金小梅抬头一看,是张征。小梅浅浅一笑,对自己刚才的失礼感到羞惭。

"你看我给你带来了什么吃的。"

小梅一看,是一碗燕窝粥。

"我不想吃。"金小梅脸色苍白,流着泪说道。

"不吃怎么能行?看你现在面色苍白,成了一个瘦猴子了。"

金小梅觉得委屈,确实是,两天以来,她没怎么吃东西。她把头一扭,不吱声。

张征叹息了一声:"你就这么痴迷于棋吗?"

金小梅的眼泪哗啦啦地流了下来。

"不要哭了。"张征觉得很心疼,想用手擦干金小梅的眼泪,但还是忍住了。他觉得还是做个护花使者好,因为金小梅永远都不会喜欢上他。

金小梅仍然凝视着地面,不停地思考着。她喃喃地说道:"我可以解释一下,不过,很难用语言表达出我的想法。比如你晚上出去的时候,抬头看着天上的星星,觉得它们很渺小,但很奇妙……好吧,这种感觉就是我要表达的。在生活中,我们什么时候会有敬畏的感觉呢?下棋的时候,我就有这种感觉。每一次下棋都是人生的一个缩影,我们觉得自己可以把握人生的时候,往往事与愿违。每一次下棋,并不是为了要赢棋,而是要表现出我们最好的状态来。也许,我没有表达清楚我的意思,但这就是我如此痴迷象棋的原因。"

"无论如何,师兄,你可以帮我一个忙吗?"金小梅看到张征一副若有所思的样子,心念一动,问道。

"当然可以了,你让我为你做什么都行。"

"可以教我下棋吗?把我父亲教给你的全部教给我。这不是过分的要求吧?"

　　张征知道师父是绝对不会同意他教金小梅下象棋的,不过他特别心疼金小梅,于是就答应了她。她刚才的一席话触动了张征的内心,她表达了他从来没有想到的感觉。于是,张征说道:"好吧!我们马上开始。不过,你先吃了这碗粥。"

三　开局

为了报答金小梅为他舍身冒险,同时也因为对小梅的爱,张征便开始教她开局。他们背着金铁岭,在池塘边靠近金小梅屋子的一侧开始下象棋。张征每天上完课都准时约见金小梅,把当天学到的内容再复述一遍。

张征一边讲,一边回忆着：

"师父和我们说了,开局有好几种方式,如同排兵布阵一样,非常关键。古代排兵布阵有一字阵、长蛇阵、鱼鳞阵、偃月阵、鹤翼阵、雁行阵、车悬阵、方圆阵、八卦阵、二龙阵、天地三阵和四门兜底阵。象棋的开局就是从这些阵法中演变过来的。或从中间袭击,或从侧翼攻击,或缓攻,或急攻,或弃子争先,或以柔克刚。"

张征在纸上画出这些古代阵法的简图。

金小梅感到自己细弱的脉搏兴奋而强有力地跳动着。如今第一次看到这些神奇的阵法,她水汪汪的大眼睛焕发出了少有的神采,甚至让她周身发出诱人又圣洁的光。

张征一时间看呆了。

金小梅啐了他一口,说道："呆瓜,然后呢？"

张征醒过神来："师父和我们说他只有我们师门至宝《梅谷棋谱》的上卷'得先'，他会传授给最得意的门生，下卷'让先'在逍遥棋社里，由师父的师兄保存着。"

"这'得先'和'让先'有什么区别呢？"

"其实没有多大区别，下棋就是要赢棋，用各种技巧来赢得胜利，只要棋艺高，'得先'或许要胜于'让先'，可以抢占先机。"

"噢。"

"师父曾有意无意地表达他很后悔把下卷给了逍遥棋社，据说祖师爷是传给他的。"

"哦。"金小梅心想为什么父亲如此笨。

"对了，你喜欢什么样的开局方式呢？"张征问她。

金小梅醒过神来，问道："那这排兵布阵和开局有什么联系？"

"开局是据此演变过来的。比如当头炮，一般都是强攻，防守就弱了，要走屏风马来应。师父说除非你是大师，初学者用当头炮很危险，后防空虚了。就和打仗一样，不知道敌人情况，就先出击。除非你非常相信你的兵力。"

张征下棋，中规中矩，不懂得变通。他很刻苦，也许是所有的学生中棋艺最高的，但他不知道变化，师父说什么就是什么。这也是他最大的弱点。金小梅突然好奇地发现，和师兄对弈的时候，似乎可以看到师兄的性格，每次他都要把所有的子都吃掉才开始将军,而且,他总是把两个车并在一起,走得相当保守。

冬天到了。金小梅这么和张征随意下着棋,不觉间却领悟了要领。她觉得使用当头炮开局确实有些冲动,除非她急于攻下对方,不然还是小心翼翼、步步为营为妙。她更喜欢环环相扣的棋风,弃子争先目前她还做不到,围剿敌人又让她觉得筋疲力尽。她只希望自己可以巧胜。

偶然的一天,金铁岭和他的一个朋友下棋,他走了一个双车错。金小梅前来给父亲送茶点,和往常一样瞥了一眼棋盘,看到了父亲和他朋友在下的残局。父亲似乎受控了,金小梅俏皮又轻描淡写地说了一声:"父亲,您的车要被反将了。"金铁岭大吃一惊,他怎么都没想到这个复杂的残局被女儿一口道破,而他从来没有教过她下棋。

"侄女不简单呀!你能把这个残局下完吗?"父亲的朋友笑道。

"她不会下棋。"金铁岭不高兴地说道。

"别谦虚嘛!谁不知道你向来不按常理出牌?你和弟妹已经成为一段佳话,谁知道这闺女又会是什么传奇呢?"

"谢谢伯父,这真的很简单。"金小梅顺势道。

"你真会下?"伯父笑问。

金小梅感觉嗓子里像伸出手一样,无比地激动,她一直以来渴望的事情马上就要实现了。良机莫失,她一定会迫使父亲亲自教她下棋的。

"可以让我看看吗?"金小梅笑着说。她的眼睛笑成了两弯月牙。

"好。"

金铁岭很不情愿地让座。他深知自己下了这么长时间的棋,往往当局者迷,旁观者清,说不定小梅真的能想出什么鬼点子。

金小梅秀眉微蹙,略微思考了一下,开始移动棋子。

"车八进二。"

伯父走:"士五退四。"

"兵四平五。"

"士六进五。"

"车八退九。"

"马一退二。"

"炮七进七。"

"车三退九。"

"炮九平七。"

"好侄女,好棋。"伯父连连拍手称赞。

金铁岭的感觉很复杂,脸上红一块青一块的。

"谢谢伯父。"金小梅缓慢地给伯父沏上了上好的绿茶。与其说是沏茶,金小梅其实是在表演茶道。她给伯父沏的是碧螺春。小梅先用水把所有的茶具都冲洗了一遍,随后娴熟地把茶叶放到了茶壶里,再将热水倒入壶中。

这是第一步——洗茶。

洗好茶后,小梅把沸水倒入茶壶当中,倒水的时候,壶嘴点头三次,没有一次把壶倒满。然后小梅提高水壶,让水直泻而下,利用手腕的力量,上下提拉注水,这样反复了三次,伯父和金铁岭都看到绿色的茶叶在白色的茶杯中翻动,小梅的姿态和茶叶的姿态一样,柔中带着一股倔强的刚强。

小梅将壶中的茶水倒入公道杯中,然后分别倒入父亲和伯父的茶杯中。她只倒七分,然后双手奉茶。

伯父开始闻茶香,这个时候,金铁岭也顾不上礼仪,像喝水一样,咕噜咕噜地把滚烫的茶水喝到了肚里。

小梅窃笑。她知道父亲心里有气,无论如何,现在她都占了上风。

"你父亲教你的棋呀?"伯父右手持杯,用拇指和食指夹杯,中指托住了杯底部。对于金铁岭的那副样子,他感到很不满。琴棋书画诗酒花本是文人墨客的雅兴,现在却被金铁岭的一肚子气而毁了。

"我偷学的。"金小梅俏皮地说,"父亲从没教我。"

"不对吧!铁岭,你什么时候变得这么小气,竟然不让你闺女学棋?"

"哪有女娃学棋的!"

"这你可错了。我们弈者从来都不会拘泥于形式,只要有兴趣和天赋,什么时候有男女之分?你难道忘了自古巾帼不让须眉吗?可以点兵的难道只有须眉?"

"对,伯父,您说得太对了,父亲顽固不化,我只有去偷学。真怕哪一天我为了学棋走了旁门左道而遗恨终生呢!"金小梅仗着伯父的疼爱,故意叹了一口气。

"唉,罢了,罢了。小梅,你真的准备好学棋了吗?"

金小梅收起了嬉皮笑脸的样子,坚定地说:"对,我准备好了。"

"好,晚上父亲教你下棋。"

其实,金铁岭还是很疼爱自己这个女儿的。他当然希望自己的棋艺可以有传人,然而一想到雯雯的命运,他心里总有一个解不开的结。结婚之后,他和雯雯举案齐眉,相敬如宾,但是他可以感受到雯雯对他总缺乏对师兄汪文风的那股激情。雯雯的眼神是黯淡的、朴实的,如同一个普通的已婚妇女一样。可是,金铁岭永远不会忘记第一天见到雯雯时,她的眼里闪烁着生命的火焰,那是一种极具感染力的火光,可以点亮周围人的世界。自从娶了雯雯之后,金铁岭一直在寻找着这样的光芒,却只发现一片苍白。有时候,金铁岭盯着雯雯看,雯雯尴尬地笑着:

"我脸上怎么了?"

"没什么!"

金铁岭觉得很难表达出他心里的想法，就干脆扭头昏睡了过去。日子长了，他也没有再流露出任何感情，过着平凡生活。殊不知，多少年之后，他自己也变成了一副木瓜脸的样子。

然而金小梅不是这样的，她仿佛是以前的雯雯，也是之前的金铁岭。小梅古灵精怪，热情张扬，疾恶如仇，有时候又温柔可人。看到小梅，金铁岭非常恼火，他竟然妒忌自己的女儿拥有自己想拥有的一切美好的品质。

倔强的金小梅不顾他的下棋禁令，偷偷地自学象棋，竟然还无心破了一个残局。通过这几着，他可以看出女儿是很有天赋的。或者说，女儿比他的胸襟和见识更加宽广，她可能会是梅谷的真正传人。可惜他担心女儿性子太烈，太过争强好胜，别一盘好好的棋，下出个生死局来，或者下了个呕心沥血，心力耗尽。

吃罢晚饭之后，雯雯第一次用关注的眼神来看金铁岭，心里感到忐忑不安。金铁岭告诉她，从今天起，他打算把毕生所学传授给女儿。如果金铁岭没有看错的话，雯雯那平静的眼神中荡起了几道涟漪，充满了柔情和理解。

金小梅敲了敲门，父亲让她进来。纤细苗条的金小梅直挺挺地走进了棋屋，然后笔直地坐了下来。

"你准备好吃苦了吗？"金铁岭板着脸问。

"准备好了。"女儿依然那么轻描淡写,但她的语气如此坚定。

"你知道下棋意味着什么吗?"

金小梅略思考了一下说:"下棋意味着人生的输与赢。"

"如果输了怎么办?"金铁岭咄咄逼人地问。

"输了就输了,从头来过。"金小梅骄傲地说。

"如果赢了呢?"

"赢棋不是目的吗?"金小梅觉得非常困惑。

"是的,赢棋是目的,但是一个人一生不可能总是赢棋。生活充满了酸甜苦辣,下棋也充满了跌宕起伏。俗话说三十年河东,三十年河西,不到人生的最后一刻,你永远不知道自己的棋走得是否正确。月有阴晴圆缺,人有悲欢离合,没有人是常胜将军,即使赢了,也要'君子终日乾乾,夕惕若厉,无咎'。"

"这是哪里的句子呀?"

"是《易经》。"

"父亲,您为什么要告诉我下棋输赢的事情呢?下棋的结果不就是除了输就是赢吗?"

"我是让你做好心理准备。你还没有和人对弈,尚未知道棋的魅力和蛊惑。有时候,如果你贪生怕死,胆小怯懦,缺乏自信,面对强大的敌人,对方很快就会攻占你的领地,你会不战而败。然而,有些时候,如果你急功近利,一味地想着赢棋,就会中了下棋的陷阱,可能会落个身败名裂。"

"明白了。"金小梅不由得吸了一口冷气,然而她依然觉得非常兴奋,可以下棋的念头让她所有的汗毛都立了起来,整个人都充满了亢奋。她喜欢这种快感,一种痛与快乐并存的快感。

"首先,为父先告诉你象棋的起源。象棋源于周朝,是配合占卜之术所进行的军事模拟演习。当时只有六个子,叫象戏。一直到了宋朝,才发明了炮这一兵种。"金铁岭接着说。

金小梅点点头。

"每个人在象棋中都有自己最喜欢的棋子。有的人喜欢车,有的人喜欢炮,有的人喜欢马,各有各的好处。祖师爷在《梅谷棋谱》中提到了一些象棋的口诀,你要牢记于心,这是象棋的精髓所在。要学习象棋,你还必须学习《孙子兵法》和其他的兵书,最好读一下《易经》《史记》等等。"

"为什么要读《史记》呢?"金小梅撇了撇嘴。

"为什么?"金铁岭被问得不耐烦了,"你不是要学棋吗?学棋就得听我的话,不要问为什么!"

"好的。"

金小梅不再多说什么。她知道父亲是个急脾气,但她知道刚开始的时候,必须要听从父亲的指导,现在还没有到她自己拿主意的时候。

金铁岭一边教女儿下棋,一边给女儿讲行军打仗的故事,告诉她如何排兵布阵。这样,金小梅的脑海里便有了象棋是什么的概念。原来象棋就是一场战争,开局、运子、绞杀、将军等都源于战场的变化。棋盘上有很多要点,就如同《孙子兵法》的《九地》篇中所写:"用兵之法,有散地,有轻地,有争地,有交地,有衢地,有重地,有圮地,有围地,有死地。"金铁岭一再强调一定要占据棋盘上的重要位置,车一定要尽快出来,抢占肋道,在开局的时候炮非常重要,残局时,马更加灵活。

金铁岭从屋里的暗格里拿出了一本书,递给了金小梅。金小梅看到上面写着"梅谷棋谱上卷"。

金小梅听说过这本书,于是高兴地读了起来。

首先是下棋的口诀。

金小梅看到上面写道:"棋虽曲艺,义颇微精,必专心然后有得,必合法然后能超。大抵全局之中,千变万化,有难殚述,然其妙法,必不能出乎范围。如顺手炮,必要车活;列手炮,必补士牢;入角炮,使车急冲;当头炮,横车将军;破象局,中卒必进;解马局,车炮先行;巡河车,赶子有功;归心炮,破象得法;辘轳炮,抵敌最妙;重叠车,兑子偏宜;鸳鸯马,内顾保寨;蟹眼炮,两岸拦车;骑河车,禁子得力;两肋车,助卒过河;正补士,防车得照;背士将,忌炮来攻。弃子需要得先,捉子莫叫落后。士象全,可去马兵;士象亏,兑他车卒。算稳着,成杀局方进;使急着,有应子宜行。得先时,切忌着忙;失车去,还叫心定。子力猛,必须求胜;子力宽,即便求和。此局中之定法,决胜之大略也,有能详察斯言,参玩图势,则国手可几矣。"

"这是祖师爷写的吗?"金小梅读完,觉得仿佛领悟了其中的奥秘。

"是祖师爷和我的师父一起写的。"

"那他们谁是国手呢?"

"孩儿,不同的人有不同的人生,对于国手的定义也是不同的。祖师爷是大国手,我师父寄情山水,也是国手。而你要学棋,若学有所成,为父不求别的,只求你走好人生的棋,也算是女国手了。"

"父亲,那您是国手吗?"

"我不是,我觉得你的天赋要比我高,天资比我聪颖。我学棋学了一半就下山去了,开了几年的棋社,我发现自己并不是很有天赋,更把象棋当作一种谋生的职业。所以,我不是国手。"

金小梅一边听,一边看着父亲,最后说:"好,我决心下棋了。父亲,您可以教我了。"

四　小梅学棋

"棋是千变万化的,千古从无同局。"

金铁岭对自己的女儿很严厉,每当她的思维固定在棋盘的某个角落,或者执着于自己不成熟的想法的时候,金铁岭便会像对弟子一样用戒尺打金小梅的手心。父亲反复强调,象棋开局看似有定式,但是行棋的时候,千变万化,要突破局限的思维,看得更宽一些。金小梅从来没有对父亲的惩罚感到不满,反而会因自己的错误而责备自己。

小梅加入了棋社,白天和师兄弟们一起练习,到了晚上,父亲单独给她上课。早晨,父亲要求小梅必须早起,诵读《孙子兵法》等古籍,以开拓她的视野和胸襟。

小梅上课的时候,穿着男装,和师兄弟们一起对弈。刚开始下棋的时候,金小梅很难躲过性格柔弱的弱点。金小梅如同一个矛盾体,一方面她要强好胜;另一方面,她有着女性的敏感和柔情。在下棋的时候,小梅眼前总是浮现出战场的场面。比如她的子力被围剿的时候,小梅会感到一股压迫感,仿佛一群无情的战马要绞杀她的大将,而她的大将则深入险境,进行殊死的搏斗;当其他人的棋子逼近她的帅宫时,她就觉得呼吸困难,胸口像被一块石头堵住一样。她想到楚河与汉界,如果她是项羽的话,她会过江东,重新来过吗?项羽究竟是英雄还是懦夫?在棋盘上,小梅想到了历史上的每一次战役,漫天的黄沙,金戈铁马,号角连营。她如同在真实的战场上一样,一次次突围、反攻、反杀,这让金小梅感到既痛快又残忍。她一次次溃败,想悔棋的时候,她的父亲就打她的手——下棋也要有下棋的棋风,人生如棋,做错了事,走错了路,只能弥补,还能反悔吗?

金小梅挨了戒尺,眼泪在眼眶里打转,对于只有十六岁的姑娘,象棋带来的战场还是太残忍了。刚开始的时候,她的车在防不胜防的情况下很快就被父亲吃掉,这个时候金小梅气馁了。她很想放弃认输,金铁岭嘲笑道:"当初是谁不听劝要学棋的?"金小梅最见不得做这种虎头蛇尾丢人的事,要强的她,咬咬牙,扭头就走,继续找师兄弟们练棋。她硬着头皮和他们下,有时候甚至撒娇,为了能够学棋,她放下了大小姐的身份和好胜的脾气。

父亲用激将法对金小梅说:"呀,这一次又没有走好,猪脑子,不是下棋的料。"金小梅有种被打脸的感觉,但是父亲依然很严厉,毫不留情地把她的棋子一颗颗地吃掉。金小梅看到自己只剩下了士和象,所有的攻杀棋子都被吃掉了,不由得大哭起来。而父亲的马神采奕奕,轻而易举地用一个马后炮将死了她。

"这只是给你一个教训。"金铁岭严厉地对金小梅说，"落子前，一定要三思而后行。作为一个将领，你怎么能不保护好自己的棋子呢？一个好的将军就要热爱自己的每一个战士。"

数月之后，其他师兄弟对金小梅的进步都感到惊奇。刚开始所有人都不把金小梅当回事，然而经过几次切磋之后，大家都把金小梅当作一个危险的对手。

金小梅开始寻找适合自己的开局。父亲和她千般演练，当头炮，金小梅守不住，而且她骨子里厌恶这样的迅猛攻击。后来，金小梅选择了偏宫炮，这是当头炮的缓攻开局，以柔克刚，变化多端。其次，如果逼她速胜的话，她会选择急进中兵的走法，这个着数非常激烈，以弃子争先，从中路发起攻击，很少有人可以破得了急进中兵的着法。金小梅还学习了仙人指路的开局。仙人指路是为了试探对方的功底，如同一个忽忽悠悠的探子提前潜入敌营。

金小梅这样苦学了一年左右的时间，又长了一岁。除了下棋，她还喜欢收拾他们的棋社，在某个角落插一束花，修剪一下枝叶，梅谷棋社在金小梅的打理之下，变得干净又整洁。从外面看去，无论是题匾还是布局都非常雅致，有"大道至简，淡然无极而众美"的感觉。

金小梅心中也想着有一天去游历名山大川，她从诗文中读到了"飞流直下三千尺,疑是银河落九天"排山倒海的气魄,"大漠孤烟直,长河落日圆"的悲壮,还有"独钓寒江雪"的孤独,以及"也无风雨也无情"的豁达。她合上了书,多么希望自己可以像这些诗人一样走遍名山大川,看遍繁花秋月。如果可以和一个心灵相通的知己一起行走,该是多么美妙的一件事。

金铁岭教着棋,对女儿的进步感到非常吃惊,尤其是女儿才思敏捷,落子速度非常快,从气势上就给了对方一定的压力。

金小梅落子基本不去考虑结果,大多数凭直觉,然而她在必要的时候,会眯起眼睛,以最快的速度看到对方的弱点,想自己的棋子可以向前挪动几步。师兄弟们向来对金小梅敬若天仙,心中都爱慕她、照顾她,但在下棋的时候,都不敢懈怠。因为眼前的金小梅已经不是刚学棋时的金小梅了。最初对弈的时候,大家都想让师妹一个子,因为觉得她是一介女流,根本不可能超过他们,随后他们很快发现这样的判断是错误的。金小梅柔中带刚,步步相扣,反而是金小梅让他们几个子后,用四两拨千斤的着法,几着就把他们打败了。

在一个寒冷的秋天的下午,天下着早雪,金小梅和父亲下着棋打发着无聊的时光。没走几步,金小梅就赢了棋,父亲满意地哈哈大笑起来,说道:"女儿,你击败了我。"

金小梅保持着谦逊:"是父亲教得好。"

"下一步,你的人生之棋是该找一个好丈夫了。"

"父亲,您可不要随便给我定亲。"金小梅用小拳头捶着父亲的后背,柔声却坚定地说。

"你心目中的丈夫是什么样的?"金铁岭问道。

"嗯,"金小梅陷入思索之中,"他一定要疼我。"

"你知道我们棋社传统选婿的方法是什么吗?"

"是什么?"

"打擂台。谁的棋艺最厉害,谁就是我的乘龙快婿。"

"父亲——"金小梅被说到了心上,脸一臊,跑了。

这是金小梅第一次感到害羞。此时她心想若是打擂台,她的丈夫一定要下得过她才行,而且他的品行一定要端正。

晚上是金小梅最开心的时候。她脱掉男装,对着镜子精心打扮,然后拿起《论语》或者《诗经》来,享受属于自己一个人的时光。一天晚上,她打败了所有师兄弟,回到自己的屋里,开始享受着独处的快感。然而,伴随着这种快感而来的还有一阵空虚感,她极度渴望走到外面的世界去,去和其他高手对弈。她对自己的棋艺不是那么自信,虽然她打败了梅谷棋社的师兄弟,但是她能够打败其他棋社里的人吗?她算得上是一名女国手吗?

正值金小梅思忖之际,她突然听到了一阵敲门声。金小梅收起了书,去开门:

"进来。"

张征看到了换上女装的师妹,如同洛神赋里的洛神一样亭亭玉立,不由得心怦怦直跳。张征从师妹帮他隐瞒偷银两喝酒之事的那一天起就喜欢上了她。师妹如今正值碧玉年华,越发独立美丽。

"师兄,有什么事?"金小梅笑着问道。

"哦!"在一旁看呆的张征缓过神来,"小梅,你看我给你带了什么礼物?"

"什么礼物?"

"好吃的!三鲜包子。"

"哈哈,谢谢师兄。"金小梅咬了一口,满嘴油香。

"真好吃!"金小梅说道。

"没想到你是个馋猫呀!"张征喜滋滋地看着金小梅的吃相,说道。

金小梅用手揩去了嘴边的油,说道:"师兄见笑了。"

"师妹,如果有一天我和师父提亲,你愿意吗?"张征用颤抖的声音紧张地说。

金小梅嘴里的包子差点掉到地上,她万万没想到师兄会对她说出这样的话来。

为了避免张征误会,金小梅忙解释道:"师兄,我一直把你当哥哥看,你不要说了。"她做了一个不耐烦的动作,让师兄离开。

"师妹,你听我说,将来我可以继承百汇行会,之后可能会继承家业,有相当一大笔收入。窈窕淑女,君子好逑,真希望可以执子之手,与子偕老。"张征慌忙补充道。

"师兄,不要说了,这不是钱的问题,请你不要破坏我们之间的关系。有些话说出来,一切都变了。"

张征一愣,闭住了嘴。但也就是在此刻他决定用一生守护金小梅,作为一名兄长,或者一位爱慕者。

五　逍遥棋社

为了学棋,金小梅受到父亲的指点,开始学习《周易》。父亲说象棋千变万化,就和《周易》一样,要随着自然之道,而让人捉摸不透。表面上的定式都是在不断变化的,静的东西是相对的。如果可以变化,就可以包容大自然的一切,包括流动的水、飘浮的云、行走的人群和来往的鸟兽。金小梅很有天赋,她把对《周易》的理解都运用到了象棋之中,从不按照常规出牌,而是根据对方的变化而应招,也就是"兵来将挡,水来土掩"。熟悉之后,她不再学习任何套路,而随心所欲,行子如行云流水,有自己独特的风格。

金小梅试图理解棋局中的变化。什么是变化?如果在一个宝贵的机会面前,你错失良机,就会失去先手;如果你做出了错误的判断,命运的轴轮就会改变;如果你毫无章法可言,每一步都将会是一场错误。不断变化、高深莫测的棋局让单纯背诵棋谱毫无意义。

作为一个比较保守的人,金铁岭开始后悔了,他后悔把女儿培养成了一位象棋高手。金小梅的母亲则很担心,怕金小梅性格和她的棋风一样飘逸轻柔,变幻莫测,这样的女孩子在适龄的时候,一定不能成为一名合格的妻子。她开始变得坐卧不安,埋怨起丈夫来。尽管金铁岭自己也很着急,却安抚妻子说:"福兮祸兮,我们都无法预测天意。也许将来有一天,女儿会成为一代女棋手,一个传奇。历史上这样的女子并非少数。更何况,你也是一位多才多艺的女子。"

"什么琴棋书画,现在我对那些已经不感兴趣了。"雯雯的心事被触动了,然后微微一笑,准备离开。

"雯雯!"金铁岭这么多年来一直隐藏的感情突然爆发了出来,如同一浪一浪的江水,滚滚如潮,他多么想问雯雯是否还惦念着那个忘恩负义的薄情汉汪文风。

"怎么了?"雯雯扭过头来。一个结婚之后以夫为纲的中年妇女,依然是一脸麻木的表情。

金铁岭感到失望,他说道:"没事,我去安排张征做饭了。"

金小梅长到大概十八岁的时候,她的美变得异常独特。她不是那种婀娜多姿舞者的美,尽管她拥有着纤细的腰肢。她浑身杂糅了温柔与英武的美,这带给了她一股力量,如同水一样坚不可摧,又包容万物,而且随物赋形,让人觉得神秘莫测。也许这样的美就是多年修习象棋所得到的。

金小梅和师兄弟们混在一起练着棋,大家都被她精湛且琢磨不透的棋艺所折服。大家觉得小梅越来越伶俐可爱了,

佳人棋事

她那棋艺和个性更迷倒了所有的师兄弟。对于一个下棋的人,找到知音非常重要。每个人理想中的生活状态都是"老妻画纸棋为局,稚子敲针作钓钩"。更何况,师妹是个旷世难遇的美人。大家如同遇到棋中西施一样,难以专心练棋,一大早就敲开师妹的房门来送早点。

金小梅面对师兄弟们的仰慕一点都不着急,甚至感到一种邪恶的乐趣,她喜欢看到所有的人都围着她转。作为一个十几岁的女子,这样的荣耀是令人羡慕的,也满足了她的虚荣心。然而,有些时候,这些聒噪的声音让她觉得心烦,难以专注下棋。

一天,学完棋后,她来到了京城附近的一个空旷的地方,那边有一个池塘,她从小就喜欢在那里玩耍。金小梅坐在池塘边,脱了鞋袜,开始蹚着小河里的清水,鱼在脚边划过,金小梅索性躺下来,晒着太阳。金小梅对大自然情有独钟,喜欢自然界的一花一草、一石一树。她觉得自然界的一切都是富有生命的,有着自己的呼吸,自己的枯荣。虽然她还未涉足名山大川,但她眼前的小世界已经让她感恩不尽。她感恩上苍可以让她生活在太平盛世,还有可以让她毕生来摸的那乖巧滑溜的棋子。每一次在这个池塘边放松后,她就神清气爽。说实话,京城的繁华和喧闹、棋社的嘈杂和汗水有时候让金小梅感到压抑得喘不过气来,这个池塘是整理她心情最好的地方,在这里她流过泪水,倾吐过女孩子的心事。

正当金小梅躺在河边上,面对着天空,闭着眼睛沐浴在阳光之中的时候,突然她听到了背后的树叶窸窣的声音,湖面溅起了水花。她以为湖里的鱼跳了起来,然而睁开眼却没有发现任何鱼的踪迹。这时,她听到了背后一阵笑声,转过身去,看到张征正在树丛里偷窥着,咧着嘴笑着。只见张征手里拿着石子,继续往湖里扔,溅起了更大的涟漪。

还好,我没有在这里洗澡。金小梅红着脸穿上了袜子,问道:"是你呀!你怎么跟过来了?"

张征望着金小梅的如同狡兔一样的小脚,心中满是爱慕,他说:"保护你呗。一个女孩子怎么可以到处乱跑?即便你是象棋高手,但你的身体还是单薄的,俗话说,秀才遇到兵,有理说不清,你的智力总不能用于对付一个莽夫吧?你如此耀眼,会招来很多豺狼虎豹的,你会像一朵鲜花一样,一折就断。"

"最近父亲和母亲都在嘟囔着让我嫁出去,吵得我心烦,于是我来这里清静一下。"金小梅撇着嘴说道。

张征的脸红一块白一块的,他欲言又止。终于他鼓起勇气,问道:"小梅,这么多人当中,你真的没有一位心仪的对象吗?我们大伙可都是光着屁股一起长大的呀。"

金小梅用纤细的手指摆弄着地上的一枝野花,笑道:"光着屁股长大的,大家才彼此太熟悉了嘛。你们真的都喜欢我吗?还是互相影响,虚荣心作怪?"

"我们大伙可都是真心喜欢你的,小梅。你不知道,我们梅谷棋社的师兄弟们马上就要为你吵翻了。为了博得美人一笑,我们都宁愿放下棋子,充军当兵打蛮人去。无论是私下里,还是公开场合的竞技,都是为了赢得你的芳心。"

"这样啊。那就好办了。"金小梅眉头微皱,觉得有些心烦,不过她随即嫣然一笑道,"我们来场比赛,谁要是赢得了我,谁就可以娶我。"

金小梅这话传开了,也传到了她父亲的耳朵里。

金铁岭听到女儿这么放出了话,表面上非常生气,因为一个女孩子这么说,成何体统。然而,他的内心却是宽慰的,他知道女儿的水平和他的差不多,甚至更胜一筹,她的棋风可以柔克刚,而且在下棋的时候,对于熟人毫不留情,于是便同意了擂台招亲之事。

师兄弟们得知了这个消息,立刻吵得沸沸扬扬,大家格外努力地习棋,希冀抱得美人归。

小梅只是觉得这是一场恼人的游戏,她沉着又调皮地和每一位师兄弟对战。金小梅往往只用几着就攻下了对方的老帅,或者用凌厉的弃马十三着,或者用沿河十八打,或者急进中兵,或者虚晃一枪来试探。金铁岭在一旁看着,不由得感到非常满意。女儿把他毕生的技艺发挥得淋漓尽致。这也算是给他的徒弟们上了一堂别开生面的课吧。

就这样一连下了几盘,所有的师兄弟都败下阵来。金小梅在得意的同时,又感到无趣。她下棋的时候,不停地开小差。她想或者有一天她可以自由地驰骋在广袤的草原上,或者走到烟雨蒙蒙的江南……然而,这些都不可能实现,只有棋子是最听她话的了,让她随意一拨,一个故事就这么结束了。然而剩下的是什么?是胜与败。还好,无论自己是否到了白发苍苍的年龄,胜败依旧是家常事。年年岁岁花相似,岁岁年年人不同。大自然的一切都周而复始,而她又能给自己的人生留下什么?

在那场金小梅和师兄弟的比赛当中,金小梅轻而易举地夺魁了。所有梅谷棋社的弟子看到金小梅凌厉的决断和设下的陷阱都暗自称奇。金铁岭的其中一个弟子是揉揉,他是天才棋社揉增南的儿子,他在一旁默默地看着金小梅的棋局。他也试着陪金小梅下了几局,发现自己根本不是金小梅的对手,金小梅所用的着数是金铁岭从来没有教授过自己的。

在梅谷棋社里,揉揉是一个安静、沉默的男子,事实上,他非常狡猾和聪明。揉揉是揉增南安排在梅谷的眼线,目的是找到《梅谷棋谱》,还有棋谱里面可能藏的宝藏的线索。揉揉来到梅谷棋社已有三年了。三年来,揉揉的身份相当安全,他非常善于表演,没有人怀疑过他的动机。自从和金小梅对弈之后,他确定金铁岭把所有的棋谱都教给了金小梅,

佳人棋事

在金小梅那里一定可以找到线索。

金小梅赢了棋,却感到无聊。她想起自己祖师爷田思义的故事。她感到失败还是成功于她来说似乎没有多大的意义,她渴望着下一盘大棋,找一个棋逢对手的人。然而,她知道这样的机会是可遇不可求的。

想到这里,金小梅不由得有些空虚了。她突然觉得人生非常无趣,即使赢得了世界上所有的比赛,又会怎么样呢?当头发变白时,她将如何评判自己年轻时的坚持?无论将来过着富裕的生活,还是过着乞丐般的日子,一切皆空,没有任何一个人能逃脱衰老和死去的命运。她自己选择成为传奇,就要付出代价。而且,她知道自己不可能一直赢得比赛。

金小梅情窦初开,思考着自己渴望什么样的爱情和婚姻。她绝对不是外貌派,她更重视男人的性格而不是长相。她梦想着,如果她未来的丈夫可以天天和她下棋,那最好不过了。

突然,金小梅心中感到极度恐慌。现在她已经十八岁了,如果她永远结不了婚怎么办?如果她永远找不到合适的丈夫怎么办?如果她永远都无法成为象棋大师,而她的青春和美丽在等待之中消耗了怎么办?

生活是如此无聊和徒劳!金小梅有时会抽空读一些父亲不让她看的话本小说,这些都是动人的爱情故事。她开始幻想有一天,她会写出自己的故事来。

但是,作为一名象棋棋手,金小梅习惯了真实而实用。她学会了控制自己的情绪。伟大的爱情最终可能幻灭成悲剧,但是,为什么人们仍然希望生活是充满爱的,如飞蛾扑向火堆?难道相较于从未被爱过,爱了却迷失真的更好吗?

金小梅坐在一棵大橡树下的石椅上,随意地与张征聊天。

"恭喜,你赢了棋!"张征看着金小梅,发现她周围的一切都散发出美丽的光芒。

"师兄,非常感谢,但这没什么可恭喜的。老实说,有时候生活会很无聊。"金小梅说道。

"你之所以感到无聊是因为你赢了棋。胜利者总是孤独的,因为高处不胜寒。我真的很嫉妒你。我热衷于下象棋,却没有你那样的天赋。"

"好吧。"金小梅朝着张征笑了笑,转移了话题,"咱们京城里有几家棋社呢?"

"在京城,一共有几十家棋社,但只有两家棋社脱颖而出,因为这两家棋社的老板都是大国手田思义的传人。一家是我们梅谷棋社,另一家棋社是逍遥棋社,这两家棋社都拥有《梅谷棋谱》。小梅,你下棋出子很快,几乎是出于本能。在上一次比赛中,你使用了一些我们从未见过的策略。你所用的策略是那部棋谱中的吗?师父给你看了《梅谷棋谱》吗？"

"是的。"金小梅害羞地笑了，"是的，我已经读了上卷。"

他们聊得太尽兴了，以至于他们没有注意到金小梅后面的一棵大橡树下有一个身影。这个身影就是揉揉。他偷听到了金小梅和张征的谈话。

"如果我们拥有棋谱，我们就会成为天下第一吗？"金小梅兴奋地继续进行着谈话。

"也许是，也许不是。但是我们永远不会知道，因为我们手中没有这本书的下卷。"

金小梅有种奇怪的预感，总有一天她会得到《梅谷棋谱》的下卷，她觉得这本书非常诱人。

"你说我父亲把《梅谷棋谱》的下卷给了逍遥棋社的社长？"

"是的。"

金小梅此时想起父亲跟她说的话，《梅谷棋谱》的上卷是"得先"，下卷则是"让先"。她一时兴起，如果"得先"和"让先"进行比赛，最终谁会赢？

想到这里，金小梅突然变得焦躁不安起来。

张征继续说话，每个字都充满了担忧，而金小梅则沉浸于自己的想法之中。她隐隐约约听到了张征的话，说逍遥棋社有一定的背景，社长夫人来自京城的一个大户人家，社长和夫人有一个儿子，非常英俊和聪慧，传言他们的儿子和京城尚书的女儿已经订婚。社长汪文风是个非常阴险、狡诈的人,嘴很甜,却心胸狭窄,常常笑里藏刀。他总是哄他们社里的弟子转投他的棋社。

"这真的很恶心!"金小梅愤慨地说道。她想以牙还牙、以眼还眼地报复这种小人。突然,一个想法出现在她的脑海里:她要和逍遥棋社的人来一场比赛。金小梅站了起来。

"你要去哪里?"张征担忧地问。

金小梅却没有回答他。

揉揉听到了张征和金小梅的全部谈话。三年前,父亲安排他到梅谷棋社做探子,就是为了这本书。他忍辱负重,隐忍多年,终于找到了这本书的下落。谢天谢地,让他听到了金小梅和张征的谈话。命运之轮似乎转向了他!

揉揉怀疑金铁岭不知道这本书里含着一幅藏宝图,否则,这么多年来他一定找到了宝藏,也不会那么愚蠢地将下卷给了汪文风。

揉揉在后面暗中跟着金小梅。当金小梅回到自己的屋子并关上门时,揉揉就在金小梅房间的窗户纸上戳了一个洞,看金小梅在做什么。他看到金小梅迅速地换上了男装,准备出门。揉揉藏在圆柱后面,一直等到金小梅离开。当金小梅出去之后,揉揉溜到了金小梅的房间里,试图寻找《梅谷棋谱》的下落。书可能放在哪里呢?他翻遍了所有的角落。

突然想到金小梅离开时看了梳妆盒两眼，于是他迅速地打开梳妆盒，原来《梅谷棋谱》被压在梳妆盒底下。然后他对着金小梅的屋子说："对不起了。"

现在是白天，金小梅独自一人在京城的街道上走着，随着熙熙攘攘的人群走过了药铺、茶馆、糕点铺、客栈，突然看到一扇门前挂着两个个头很大的红灯笼，她抬头，看到一个用草书写的题匾"逍遥棋社"。

她果断走了进去，穿过一段羊肠小道，经过一个曲径通幽的院子，路过门口的两个石狮子，然后迎面而来的是一座假山，石林一样的假山。"山重水复疑无路，柳暗花明又一村"，继续往前走，突然前面豁然开朗，她看到一排两层的楼阁。金小梅打量着四周，不由得暗暗纳罕，从来没有想过一个棋社可以装修得如此精致。这里有浓缩版的江南小桥流水，有古书中的梅花飘香，更有文人墨客留下的墨宝。来往逍遥棋社的人们都穿着锦衣绸缎，可见他们身份地位非凡。在棋社的北面还有一个奢华的舞台，花旦和老生在唱着杂剧，金小梅听着故事很老套，大概是一个美丽年轻的女孩被逼婚，但她誓死不依，发誓一定要嫁给自己心仪的人。

在院落东边的那层牌楼上，是一个雅致的茶馆，里面摆放着精致的茶点，供人们消遣休息。西边有一间屋子，被一张垂帘遮住了，看不到里面。金小梅看到这屋子门额上挂着一块匾,上面刻着潇洒的草书"逍遥棋屋"四个字,小梅心中一喜,便像一位男士一样大摇大摆地走了进去。

金小梅看到棋桌边都挤满了人。每一张桌子都是用高档的桃木做成的,在桌子边缘刻着"逍遥棋社"这几个字的篆书。小梅一边绕着棋桌走着,一边观察来这里下棋的人和他们的棋艺。她听到了由于失误男人们熟悉的哀叹声,还有一旁观棋的人们急得恨不得马上伸手参与进来的吆喝声……金小梅皱了皱眉头,发现他们太过心急了。要是她,坚决不会只顾吃子的快感而不顾其他,因为下棋是以将军为目的,要是有了明确的目标,周围的花花草草岂能分散这些棋手的注意力呢?

金小梅的不屑流露在了脸上,刚好被从垂帘后面走出来的一位扇着扇子的翩翩公子看到。这位公子就是汪文风的独子,名叫汪谨。他从没有看到哪一位客人脸上会流露出这样不屑的表情,不由得纳罕。这是谁家的客人?竟敢来嘲笑我们逍遥棋社!他向金小梅走去,准备会会她。

金小梅感到有人在后面拍了她一下。她扭头一看,只见一位身材高挑、面如潘安的翩翩公子站在她的眼前。这位公子眼里闪着好奇的光芒。小梅不由得心剧烈跳了几下,心想这样的美男子实在罕见,走在街上一定会吸引一群人的眼球。而且,在这位公子的英俊的相貌之下,金小梅可以感受到一股强烈的男子汉气息,这非常吸引她。金小梅不由得脸红了。

"对不起,公子,您是来下棋的吗?不巧,今天我们棋社的桌子都满了,改天再来吧。"

"我下次没有时间再来了,要不你和我切磋一盘。我绕了一圈,看来你们棋社的人下棋水平很一般嘛。"金小梅故意用激将法说道。

"公子,您是不是有些眼高手低了?"汪谨依然保持着谦谦君子的教养,向她作了个揖。

哈,他自恃自己是富家子弟,在我面前摆架子!金小梅看到眼前这位公子文质彬彬的样子,不由得感到恼火。她觉得自己的自尊心受到了伤害。于是,她决定故意撒泼,装出一副乡巴佬的样子。

金小梅操着一口家乡话说:"你是害怕了?有本事和我较量一局。"

不知为何,金小梅这个样子让汪谨对她印象更加深刻。很明显眼前的这位公子是饱读诗书的,现在这样是故意做作。于是汪谨决定和眼前这位公子较量一下。

他忍住笑,继续用惯常的礼仪说道:"好吧,在下不才,请公子赐教一局。"

"好啊!"金小梅立刻笑了起来,如一朵绽开的花朵。突然金小梅觉得自己的笑容有些幼稚,担心被眼前的这个人识破性别。她忙把手背到后面,点点头,说:"请。"

"对了,公子,在下姓汪,名谨。"

他们各自坐在棋盘两侧之后,汪谨这样介绍自己。

"我叫金力。"金小梅脱口而出。这是金小梅即兴发挥想到的名字。然后他们摆好棋子。金小梅早已有些迫不及待了。

由于金小梅是客,所以她执红棋先走。为了保险起见,她走了炮八平二,她惯常的开局过宫炮。

汪谨微微一笑,觉得眼前这位客人杀机不够,于是他走当头炮应对,直攻金小梅的中路。

金小梅决定集中子力攻击汪谨的一侧,先提到了巡河车,但她并没有按照惯例飞象,这样一来,可以保留足够的变化。

汪谨开局也在试探,于是他决定接着走屏风马,继续攻击金小梅的中路。

汪谨以为,金小梅一定会把车放到三路线上,然而,金小梅却跳马,直接穿槽。接着,金小梅一个转峰,把炮放到了正中路。

金小梅一直记着父亲的话,下棋时不能墨守成规,要牢记"兵来将挡,水来土掩"。金小梅一开始杀气不足,然而面对汪谨绵绵不断的攻势,她开始屏气凝神,努力不去想自己的棋子被吃带给她的伤感,而是像一个将军一样指挥杀敌,英勇无畏。

不久,进入了中局。到目前为止,两人各有千秋,棋势相当。金小梅下棋轻快,富有弹性,而汪谨则深谋远虑,占据着棋力雄厚的优势。这么严肃的气氛让金小梅感到有些压力,于是她开始哼起了《倩女离魂》中的小曲,一边下棋,一边唱曲。这无形中对汪谨是一个干扰。

"你喜欢《倩女离魂》呀!"汪谨的棋下得沉稳踏实。他从来没见过这样的对手,一脸天真无邪的样子,但落子速度极快,还边下棋边唱歌,仿佛天塌下来都没事儿一样,他不由得有些心烦意乱。受到了金小梅的影响,他渐渐地聒噪起来。

"当然啊!我最喜欢的元曲就是《倩女离魂》了。魂魄可以相守,做人却不能,因为要讲究各种礼法规矩,你说公道不公道?"金小梅不假思索地说道。

"哈哈哈。"第一次听到一位男子这么评论《倩女离魂》,汪谨感到有些尴尬,"既然我们这么投缘,让我们做拜把兄弟,怎么样?"汪谨一边说,一边吃掉了金小梅的马。

"拜把兄弟不需要,能和兄长切磋下棋是我的荣幸。看来我们棋逢对手了。"金小梅没有理会汪谨吃掉了她的马,而是用当头炮一将,接着来了一个铁门栓的着法。

这一局眼看汪谨就要输了,汪谨却不慌不忙地说道:"关于男女之情还有很多美好的传说,比如西汉时期著名的司马相如和卓文君的故事就流芳百世。咱们下棋的,不也都是愿得一人心,白头不相离吗?这和司马相如为卓文君弹奏的一曲《凤求凰》有什么区别?"

金小梅听他这么说,恰好说中了她的心事。她不由得走神了,没注意到自己的车被汪谨用马偷袭了。

"我当然也喜欢这个故事了。"金小梅带着恨意,又俏皮地说。

小梅一直认为通过下棋可以看出对方的性格特点。和汪谨下棋,金小梅可以看出他心思缜密,考虑周到,让人感到非常踏实。而且,他和其他富家子弟不一样,没有带给人一种漂浮不定的感觉。

汪谨则暗中吃惊眼前的对手如此大的潜力。对方的性格以及行棋方式绵里藏针、俏皮活泼,让人捉摸不透。他悄悄地端详了一下眼前的对手:一双炯炯有神的眼睛,身材高挑,皮肤如凝脂一样。他暗暗吃惊人们都说他长得好看,没想到还有这样的公子竟然可以把自己比下去。不过,为什么从姿态上看去他像个姑娘呢?

他们对弈了好长时间,最后金小梅剩下了士象全,而汪谨则只留了一个车。

金小梅站了起来,拍了拍袖子,笑道:"平了。"

汪谨说:"棋逢对手,公子承让。我们下次接着下,可以吗?"

金小梅看了看窗外的天色,就要往回跑:"好的,我改日过来。"

金小梅慌慌张张地离开,而汪谨则在后面一直注视着金小梅离去。

对于汪谨来说,这是第一个彻夜难眠的夜晚。不知为何,金小梅的笑容时时浮现在他脑海里,怎么都挥之不去。他惊恐地发现自己喜欢上了一个男人。然而他从小就订婚了,他的未婚妻是一位大家闺秀,名叫丹丝,两人青梅竹马,定的是娃娃亲。他与丹丝一起长大,一起读书,父辈们的关系也很好。丹丝是一位娇柔、标致的大小姐,细语娇声,柳腰若飞,喜欢弹琴。在遇到金小梅之前,汪谨认为自己是喜欢丹丝的,因为从小父辈们就给他灌输了这样的概念。然而说实话,丹丝和其他大家闺秀没有任何区别,仿佛一座雕像一样完美,从外表到她的地位,从学识到她的才华,但这些总让汪谨感到内心空落落的。他渴望着一段炽烈的生死之恋,而不是与一位标致的美人共度良宵。他渴望丹丝可以懂他,但是丹丝不会下棋。这常常给汪谨一股失落的感觉。

丹丝是丹尚书的闺女,地位很高,但对汪谨情有独钟,而且全心全意地爱他。在家的时候,丹丝常常拿起针线活来,给汪谨绣一个鞋垫,或者绣一个香囊,希望自己的爱可以时刻带在汪谨的身上。汪谨总是笑着接受了,而且满嘴的温情,不过心里却感到一阵窒息。丹丝的无微不至仿佛是一只会吐丝的蚕,把他裹得严严实实的。

汪谨躺在床上辗转反侧——那位还会过来下棋吗?如果他不再来了,如何才能找到他?他到底是谁?

佳人棋事

六　丢失《梅谷棋谱》

　　金小梅回家的路上,发现自己的心跳得很厉害。她发现整条路不再那么聒噪,所有的路人都非常可爱,汪谨的相貌,甚至他的微笑都映在金小梅的脑海里,挥之不去。

　　金小梅回到家中,突然看到自己的房门开着,她的兴奋感不翼而飞,不由得提高了警惕,怀疑是否有小偷闯了进来。她发现自己的屋子很乱,她本能地看自己的钱是否被偷了,却发现它们一文不差地待在抽屉里。金小梅敏锐地发现书架上书摆放的位置变了,她的化妆盒不知被谁打开了,里面一团糟。金小梅摆弄着里面的东西,发现《梅谷棋谱》上卷被偷了。

　　小偷会是谁呢?

　　金小梅绞尽脑汁思考谁可能偷了她的书。外人进不了她的房间,八成是棋社里的人。她在想曾经和谁讨论过这本书时,脑海里浮现出张征的名字,但张征是绝对不可能的。他是第一个告诉她《梅谷棋谱》这本书的人,如果他想学棋的话,根本不需要偷,直接从她这里拿就可以了。

　　金小梅闭上眼睛,试图回忆当时的情形,却找不到任何端倪。金小梅不由得想,小偷要这本棋谱到底是为了什么呢?为了提高他的象棋棋艺吗?不,一定不会这么简单,里面一定有猫儿腻。突然金小梅感到非常害怕和恐慌,如果父亲发现《梅谷棋谱》上卷被偷了,该怎么办?

金小梅是一个天才,突然她想到了一个主意。她试图回忆棋谱,居然可以清晰地想起每个细节。她拿起笔墨,开始默写记忆中的棋谱。

当她默写的时候,她发现一些奇怪的地方,在她学习棋谱的时候,并没有注意到这些。棋谱的扉页上有一首奇怪的诗,准确地说,是一首律诗的前四句,它们是:

大都**博弈**皆戏剧,象戏翻能学用兵。
车马尚存周战法,偏裨兼备**汉官**名。

这不是一首完整的诗,但下半首是什么呢?她隐隐约约地记得第一次读这首诗的时候,她觉得有些奇怪,有些字重描了,包括"博弈""车马""汉官"。

为什么这些字会重描呢?

金小梅注意力集中起来,继续凭着她的记忆默写书,直到熬尽了蜡烛,趴在桌子上睡着了。

拿到《梅谷棋谱》的上卷之后,揉揉小心翼翼地掩饰着自己的情感，生怕自己因面部表情异常而暴露。他继续默默地待在梅谷棋社好多天，仿佛什么都没有发生。这天晚上，他打开那本棋谱，一首诗映入他的眼帘：

大都**博弈**皆戏剧，象戏翻能学用兵。
车马尚存周战法，偏裨兼备**汉官**名。

为什么这首律诗只有四句？这首诗是宝藏的线索吗？他继续翻阅棋谱，发现上面记载着很多有趣的对弈，揉揉深深地陶醉其中，感到兴奋又疲惫。揉揉决定今晚就溜出梅谷棋社，把这本书给父亲看。

谈到揉增南，外人都说他是一个非常大方的人，脾气很好，也很坦率。他喜欢结交朋友，尤其是其他中小棋社的社长，他认为名声不大的中小棋社只有抱团才可以取暖。揉增南愿意与朋友分享经营棋社的经验，可他是一个地地道道的伪君子，对待别人和和气气，对家人却是个流氓。他对自己的女儿最不公平了。

十几年前金铁岭和汪文风出现在揉增南的棋社的时候，他就让自己的儿子暗中盯着这两位，伺机拿到《梅谷棋谱》。揉增南知道这本书不仅是一部关于精彩棋局的书，而且是一部暗含宝藏线索的书。

当揉增南让自己的儿子前往梅谷棋社做间谍的时候,他的良心一直受着折磨。可这不是一个公平的世界,如果他不去掠夺的话,就可能反被别人陷害。在这惨酷的世界,一定要走先手棋。

有时候,他很想念自己的儿子。揉揉这个孩子非常奇怪,除了信任妹妹外,对他人都不愿意说些什么。晚上,揉增南看着繁星,心想自己的儿子现在怎么样了。这时,他的仆人走了进来,在他的耳边耳语一番。原来,揉揉回家了。

揉增南径直走向了密室,问:"揉揉,有什么新的消息?"

"父亲,我找到了《梅谷棋谱》。"揉揉从衣服里拿出书,交给了揉增南。

揉增南发现"梅谷棋谱"这几个字在橙黄色的灯光下格外显眼。他惊愕地睁大眼睛,嘴里一遍遍说着"梅谷棋谱"这四个字,眼睛里写着贪婪。揉增南拍了拍儿子的背,鼓励着他:"我的好孩子,让我们一起发现这本书的秘密。"他们翻到书的第一页,看到了那首奇怪的诗。

"这是宋代程颢咏象棋诗的前半部分。"父亲说道。

"这首诗的后半部分是什么呢?"

揉增南想了一想,说道:"后半部分应该是:'中权八面将军重,河外尖斜步卒轻。却凭纹楸聊自笑,雄如刘项亦闲争。'"

"这和宝藏有关吗?"揉揉问道。

"你看到这些字重描了吗?"

揉揉看了看书,说出了几个着重标注的汉字:"博弈、车马、汉官。"

"就是这样的,这是线索。如果我们拥有整首诗,我们就可以知道宝藏藏在哪里。这些宝藏搜集起来,是为了抵抗蒙古人的暴政。"

"哦,与蒙古人的战争。车马都是象棋的棋子,刘邦的出生地在哪里?因为那里有汉官。"

"在沛县。"

"那宝藏一定藏在沛县了。"揉揉的眼睛眯成了线。

父亲笑了,说道:"我不这么认为。如果我们拥有《梅谷棋谱》的下卷,一定会了解得更多。我曾经是田思义的徒弟,他从来没有去过沛县。不要着急,只要我们找到了下卷,谜团就解开了。我们先研究第一部分记载的战术,这样我们的棋社在江湖中就有一席之地。"

"好的!"揉揉嘴边浮起一丝微笑。

"我的儿子,你现在的新任务是找到下卷。我们要成为天下第一的棋社,打败所有的竞争对手。"

"好,那如何才能找到下卷呢?"

揉增南合起了书,沉思道:"一定在汪文风手中。鹿死谁手还未知。"

七　小王爷

正如揉增南计划的那样,他开始认真地学习《梅谷棋谱》里所展现的精彩棋局,学到了很多生僻的走法和策略。揉增南的技艺突飞猛进,短短几天的时间,他的天才棋社成了人们熟知的棋社和茶余饭后的谈资,其名声甚至都不亚于梅谷棋社和逍遥棋社。人们听说传说中的弃马十三着重现江湖,都感到惊讶。很多年轻人来到天才棋社学艺,还有其他棋社的人前来恭贺。满院子里都是客人。有些人是来下棋的,有些好事者则是过来看热闹的,还有些人想从揉增南口中套出话来。不管这些客人的目的是什么,大家都笑容满面。揉增南慷慨地邀请这些人共进晚餐。

"揉兄,您是如何学会弃马十三着的?"一个客人问道,"它在江湖上已经失传很久了。没人会弃马十三着,除了田思义外。据说他写了一本书,叫作《梅谷棋谱》。我一直好奇这本书是否真的存在。"

"哈哈,我想提醒你们一下,冲虚不是田思义唯一的弟子,我也是。在离开梅谷之前,我已经从他那里学到了一些技巧,比如这个弃马十三着。"

"哦,是这样。"这位客人一点都不相信揉增南说的话,笑了笑。他没再问其他问题,害怕引起揉增南的怀疑。他们在餐桌上喝酒狂欢,笑容满面,但在每个笑容之后都隐藏着不同的情感,包括嫉妒、怀疑、好奇、贪婪……他们都想知道天才棋社的秘密。

酒酣之时,一位客人故意说:"我第一次听说弃马十三着的时候,是一个十几岁的女孩使用的,她打败了自己的对手。"

"真的吗?那就是巧合了。"顿时,揉增南满头大汗,努力保持着微笑,担心自己的秘密会被别人发现。

"这个女孩长得怎么样?"揉增南有意无意地问道。

"哈,她可是世上罕见的美女,倾国倾城。她似乎就是为象棋而生的!"

"我有她的一幅肖像,是她的师兄弟们画出来的。"这时,一个胖子从衣袖里取出一幅精心装裱的肖像,打开卷轴,是一个无比美丽的女孩,神态有些傲慢。揉增南默默地赞叹惊讶,这个女孩小小年纪就有了如此成就。

"有这样不可一世的表情,所有的男子都会倾心于她。"揉增南讽刺地说道。他合上了卷轴,交给了客人。揉增南并不是夸奖,而是鄙夷和仇恨。

"她非常漂亮,不是吗?人们说,在比赛中,她很快就战胜了对手。"

"哦。这个女孩真的了不起。"

"我真想知道谁有潜力成为一名真正的象棋大师。"一位客人叹息道,"田思义故去后,再也没有出现第二个大国手。"

"也许不久的将来会出现这样的人。"揉增南开玩笑地说道。但他也没有把自己的话当真。

金小梅的肖像不知道如何传遍了京城。一天,在一家豪华的茶馆里,一位王爷的儿子偶然瞥见了这幅肖像,就深深地爱上了画里的姑娘。这位年轻的小王爷叫朱文纯,有纯正皇室血统。喝茶的时候,他听到一群人闲聊,一个女孩如何使用弃马十三着赢得了比赛,而且这个女孩有着绝世容颜。

这样的闲聊引起了朱文纯的注意,他走上前去,问道:"你们说的这个女孩是谁家的?"

"你不认识她?"闲聊的人上下打量着眼前的陌生人,发现他穿戴华贵,气质不凡,于是换了一副尊重的口气说,"你想认识那个女孩?她叫金小梅,是梅谷棋社社长的女儿。"

"你说一个年轻的女孩会下棋?不可能吧?"

"这当然是真的,她是一个极有天赋的女孩子。"

"你手中的画像,可否给我看一下?"

"好吧。"闲聊的人犹豫地递过了画像。

朱文纯盯着画像,看到了一位绝色女子。画中的女子外表骄傲不羁,让人印象深刻。她有一双美丽的眼睛,机智而迷人。这位小王爷会相面术,一看到金小梅的画像,就知道眼前的这位姑娘是一个宝贝。

话说,金小梅默写完《梅谷棋谱》之后,就倒在桌子上睡着了。不知不觉,已经到了第二天的正午。夺目的阳光刺痛了金小梅的眼睛,金小梅打了个哈欠,然后坐了起来。她揉了揉眼睛,回忆昨天发生了什么。她看到自己默写的《梅谷棋谱》上卷躺在桌子上。看了看周围,她发现房间里乱七八糟的。她突然回忆起来棋社里有内鬼。如果父亲知道了怎么办?金小梅知道自己遇上了大麻烦。

她决定暂时先不告诉父亲丢失棋谱的事情,静观其变。

《梅谷棋谱》这本书可谓是金铁岭家族唯一的宝物。金铁岭不是一个非常富有的商人,但棋社的日子可以勉强支撑。金铁岭的棋社有二十个徒弟,但金铁岭乐善好施,有些时候免收他们的学费,金小梅丢失了这部棋谱会给父亲造成多么大的伤害!

还好,金小梅的记忆力不错,可以默写出《梅谷棋谱》的每一个细节。至于小偷,金小梅相信不久他一定会暴露自己的。

正在这时,有人敲门。金小梅赶紧梳理头发,打开门,发现张征手里拿着一个饭盒站在门外。

"小梅,大伙都吃饭了,这是你最喜欢吃的菜。"

"谢谢师兄。"金小梅两眼湿润了,师兄就像哥哥一样,对她百般照拂。

"从来没见你这么偷懒过。现在已经是晌午了。你昨天去哪了?"张征问道。

"我告诉你,你别告诉我父亲。我去逍遥棋社和那里的人下棋了!"

"哦——"张征的脸色阴沉。

"有个人和我旗鼓相当,我们算是棋逢对手。"金小梅一边吃着花生米,一边说道。

"你感觉他下棋怎么样?"

"我感觉他总是不占鳌头,而我棱角分明。"

"他一定是汪文风的直传弟子了。他善于应招,以防守为攻击,那么他就是'让先'了。"

"你是说他拿着《梅谷棋谱》的下卷?"

"我想是。"张征沉思道。

"那么'得先'和'让先'哪一部分更厉害呢?"金小梅来了精神,问道。

"这我可就不懂了,你的棋艺要比我高很多,还是问你父亲吧。"

金小梅朝张征笑笑,继续吃午餐。

"对了,我这次来是给你透露一个消息的,寿亲王过来向师父提亲了。他的儿子朱文纯不知道从哪里看到了你的一幅画像，无可救药地喜欢上了你，发誓一定要娶你为妻，否则宁愿削发为僧。他们现在正在客厅里和师父聊天呢！师妹，我从小就觉得你出类拔萃，现在我更加嫉妒了。如果哪一天你富贵了，成了王妃，千万不要忘了我们。"

"你说的什么浑话？"金小梅听到了这些，寒毛都竖立了起来，她立刻放下餐盒，冲出了房屋，跑向会客厅。

金小梅听到了里面的说笑声。只听到父亲唯唯诺诺地说道："好，好，谢谢您对小女的抬爱，这是她毕生修来的福气。"

听到这里，金小梅再也按捺不住了，她推开了门，问道："父亲，你们在说什么？"

小王爷朱文纯第一次看到金小梅的真实模样，立刻被金小梅倔强又高傲的气质所折服，此时，站在阳光下的金小梅比画里的还要美得多。这位姑娘身材高挑，皮肤白皙，最重要的是金小梅周身散发着一种聪慧、高贵，又有些桀骜不驯的气质，这点让金小梅和那些大家闺秀相比与众不同。而小梅并没有因为这些气质而显得早熟，反而一片天真烂漫和豁达。

此时，金小梅看到了朱文纯，只见他穿着一身蓝色的锦缎衣服，温文尔雅，皮肤略黑，身材强壮。金小梅悄悄地眯起眼睛，打量了一下他，看起来他面相和善，仿佛是一位富有同情心和爱心的男子,而不是什么土豪恶霸,或者纨绔子弟。金小梅心中暗叹,这样的男子是女人心中理想的丈夫,嫁入这样的家庭是女人的荣幸,但是是什么样的机缘让小王爷看上了从来不修边幅而且随心所欲的自己呢?

坦白说,要是昨天没有见过汪谨,金小梅一定会喜欢上小王爷的。然而,昨天的那盘棋,让金小梅有一种找到了知音的感觉。从来没有恋爱过的她,此时意识到可能马上要失去汪谨和她所钟爱的棋的时候,不免感到有些心慌。她不愿意嫁给朱文纯,无论付出什么代价。

"我给你介绍一下,这是寿亲王,这是小王爷朱文纯。这是小女金小梅。大吼大叫的,一点规矩都没有。不过女孩嫁了人以后就不一样了,会变成贤妻良母的。"

朱文纯的父亲斜着眼睛看着眼前的这位少女,觉得她虽然长得漂亮,但举止格外粗鲁,不知道自己的儿子怎么会看上这样的姑娘!京城里美女如云,千金小姐更是笑靥如花,尊贵无比,可是他的儿子死活要娶这个会下棋的粗鲁女子!

金小梅注意到朱文纯的父亲投到自己身上的不满的目光,她脸一红,却坚定地说:"我才不嫁人呢!"

"为什么?"金铁岭立刻火冒三丈。他那眼神仿佛可以把金小梅细长的脖子给掐断了一样。

金小梅没有感到害怕,尽管她的手微微有些发抖。她转过身来问朱文纯:"您会下棋吗?如果我嫁给您,可以忍受我到处游山玩水,而不是乖乖地待在家里为您生儿育女吗?"

朱文纯一时间语塞,他心里产生了一阵涟漪。他正要解释些什么,金小梅说:"我知道了,谢谢您。不过我不能嫁给您。否则,您和我都会后悔一辈子。我有一个约,先走了。"

金小梅行了一个礼,就大步走了出去。

八　第二局

　　金小梅回到了自己的房间,浑身发抖,有些后怕。与汪谨的一局棋让她感到心旌摇荡,她的全部心思都放到了汪谨的身上。她想了想,觉得自己的选择是对的,于是换上了男装,决定再次拜访逍遥棋社。她对着镜子仔细地打量着穿着男装的自己,发现自己的眉宇间多了几分英气。突然,喜欢搞恶作剧的金小梅觉得以这种身份去逍遥棋社找汪谨下棋非常有意思,说不定那个傻子还当她是哥们呢。她并不知道汪谨就是汪文风的儿子,也不知道父辈们的恩怨,只是觉得和汪谨下棋非常有意思。父亲不让她去逍遥棋社,然而去过之后她才发现,自家的棋社显得多么简朴和破败。金小梅意识到,父亲无论是在教授的方法上,还是在经营的方式上,都有必要改进。

　　她又偷偷地溜了出去,来到了逍遥棋社。

　　路上,金小梅突然觉得自己的人生一直在不断地变化,一件件意想不到的事情打破了她原有的平静生活,也许生活的一切都是在变化着的。如果正如父亲所说的那样,棋如人生,象棋的精髓也应该在于"变"。该如何在"变"中下

佳人棋事

好一盘棋呢？棋谚说得好，"良机莫失"，她却觉得要问心无愧。

金小梅推开了逍遥棋社的门，发现里面的客人依旧很多。她径直走到西边的屋子，轻轻地敲门，却从门缝里瞥见汪谨正和一位端庄秀丽的女子拥抱在一起。

金小梅的脸色立刻变得煞白，准备离开，汪谨却已开了门，一把拉住金小梅的袖子，说："你来了，我等你好久了，快来下棋。"说罢，汪谨把那位端庄秀丽的女子向她做了介绍。这位女子正是汪谨青梅竹马的未婚妻丹丝。丹丝和金小梅对视了一眼，凭着女性的直觉，丹丝立刻察觉到要和汪谨下棋的"公子"其实是一位女子，而汪谨也许已经爱上了她，只是现在还不知道这位姑娘的身份。

金小梅被汪谨拉到了棋桌上，内心却久久不能平静，她很想朝对面的汪谨发火，把这一盘棋都扔到汪谨的脸上。不过她没有表现出自己的情绪来，依然一副嬉皮笑脸的样子。

"汪兄，承让了。"金小梅下棋前，讽刺地说。

汪谨拉着她的手坐了下来："你跟我还客套什么？"听到这话，金小梅感到一阵揪心，幸好，她没有脸红。

这一次汪谨先走。他走了一着仙人指路，想让金小梅出招，进而了解金小梅真实的一面。

金小梅没有攻击，一般情况下，她会顺着走卒底炮，然而她恍恍惚惚地也走了一着仙人指路。

汪谨的车很快出来,金小梅无法集中注意力。她虽然眼睛看着棋,脑海里却一直回想着汪谨身边的女子,那么端庄大方。刚才他们在一起的样子,是多么般配呀,真的是郎才女貌。

金小梅的脸色一会儿青,一会儿白,这是一名优秀棋手非常罕见的状态。优秀的棋手早就被训练得能不动声色,即使头上悬着一把利剑也可以安然地下完棋。

汪谨察觉出了金小梅的不适,用手摸了下小梅的额头,问道:"金弟,你没事儿吧?"

"没事儿,下棋吧。"金小梅轻描淡写地说。但她确实觉得很不舒服,一会儿冷,一会儿热。

就在金小梅恍恍惚惚之际,一不小心她的马被对方的炮吃了,突然,汪谨走了一着最令她痛恨的天地炮。金小梅打了个寒战,觉得浑身不舒服,仿佛天绝人路一样。

"怎么了?"

"我最讨厌天地炮了。"金小梅尖声说道。她的牙齿不断地在打战。

看到汪谨一脸诧异懵懂的样子,她忙解释道:"因为天地炮让我感到上天入地,没有生存的地方。"

汪谨一怔,他明白眼前的这位是在带着感情下棋。这样的棋手很可能是一位旷世奇才。

"你今天不舒服,我们改天再对弈怎么样?"

"好。时间、地点我定。"金小梅说道。

"好。"

九　恩怨难了

在获得《梅谷棋谱》上卷之后,天才棋社在短短几天之内就广为人知。揉增南通过使用这本书上的绝技,赢了其他象棋大师,声名大振。揉增南自称是田思义的亲传弟子,这就是为什么他用十三着就可以赢得胜利。

随着揉增南的名气越来越大,其他棋社的探子也打听到了《梅谷棋谱》的消息。来天才棋社拜访揉增南的客人络绎不绝,但只是为了寻找棋谱的线索。

平和棋社的王芜湖来到天才棋社做客。王芜湖故意说道:"增南,你是否听说过田思义亲自写的棋谱?你说你是田思义的亲传弟子,那想必关于那本棋谱,你应该了解很多吧?"

揉增南尴尬地笑了笑说:"如果我知道这本棋谱的下落,一定会告诉你的。"

"你说得对。一个人总不能太小气了,否则,好运气不会在这个人身上长久。最好是有好东西大家分享,而不是一人独吞。谁知道独吞会遇到什么危险呢?你的秘密已经被整个京城的棋社知道了,我坦白地说,每天来棋社拜访你的人都是来找棋谱的。你的棋谱一定不安全了,总有一天会被盗。"

揉增南眼里闪过一丝凶狠的光,但随后立刻平静了下来。他突然哈哈大笑起来:"我对棋谱的事情一无所知。"

王芜湖对这样的回答一点都不满意,但是他们继续喝着酒。

晚上揉揉被父亲叫到了屋里,他问道:"父亲,有什么事?"

"我们的秘密可能已经暴露了。"揉增南说,"今天有人问我棋谱的事了。"

"哦!"

"现在我们拥有了上卷,但我们也需要下卷。"说话的同时,揉增南按了一下椅子上的按钮,墙后的一扇门打开了。他们一起走到走廊的尽头,看到了一个金色的盒子。揉增南打开盒子,只见书完好无损地躺在里面。

"我们怎么才能得到下卷呢?"揉揉问道。

揉增南的眼睛一亮,他喃喃道:"这很容易,再做一次叛徒。"

金小梅给父亲提了很多建议,包括传授其他弟子《梅谷棋谱》中的着数。当金铁岭的弟子告诉他天才棋社教授同样的着数时,金铁岭变得闷闷不乐起来。

"小梅,你是不是有事瞒着我?"金铁岭板着脸问道。

金小梅双颊绯红,她以为父亲指的是她偷偷去逍遥棋社和汪谨下棋的事。

"没有什么隐瞒您,父亲。"金小梅慌忙摆手说道。

"你还记得第一次教你下棋时,给你看的棋谱吗?"金铁岭问道。

"是的。"突然,金小梅觉得特别尴尬,她不知道该不该告诉父亲书被偷了。

"那书现在还在吗?"

金小梅犹豫了起来。不过,她很快地说:"书被人偷了。我早想告诉您,但怕您担心。"

父亲叹了口气,说:"棋谱上的着数各大棋社都学会了。"

金小梅安慰父亲:"我凭着记忆又抄写了一份。"

金铁岭听罢皱了皱眉头,没说什么。

"怎么了,父亲?"

"我在想别的事情,为什么这个小贼混进我们棋社,单单偷了一部棋谱?"

"父亲,我在默写棋谱的时候,想起扉页上的一首诗特别奇怪。"

"如何奇怪呢?"

"有些字被重描了,是'博弈''车马''汉官'。"

金铁岭点了点头,觉得更奇怪了。这背后有什么秘密吗?

"父亲,您不要担心了,事情总有一天会水落石出,那个小偷一定会露出马脚。我们可以让敌人暴露他自己!"金小梅建议道。

金铁岭微微一笑,点了点头,默默地留心自己的每一个徒弟。

揉揉从梅谷棋社到他父亲那里时,先去看了自己的妹妹。揉菲菲惊恐地看着哥哥,用手捂着自己的耳朵,仿佛做了什么错事一样。她歇斯底里地喊道:"我不知道,我不知道。"

"你不知道什么?"

"我听见你和父亲正在讨论一本书,里面好像有什么藏宝图。我不在乎宝藏,只想要平静的生活。先前父亲想让我嫁给一个患有天花的病人,还好他死了。"

揉揉抚摸着妹妹的头,咬牙切齿地说:"我永远不会让父亲欺负你的!"这是揉揉第一次真情流露。很小的时候,揉揉就学会了伪装自己,沉默是父亲教给他的唯一一课,因为祸从口出。无论人们是有意识地还是无意识地说话,都会犯错误。反之,如果他们保持沉默,暗中观察,就可以向他人学习到更多。揉揉也知道他的父亲在买卖一些情报。渐渐地,揉揉习惯了不说话,唯一知心的只有他的妹妹。

揉揉被天真无邪的妹妹感动了。过平静的生活？突然间,揉揉的内心感到悲伤和痛苦,因为他已经没有选择。是的,这就是所谓的命运。揉揉试图安抚自己害怕的妹妹,说道:"没关系。我会照顾你的。"

见完妹妹之后,揉揉去见父亲。父亲的指示是让他想办法潜入逍遥棋社,偷出《梅谷棋谱》的下卷。

金铁岭听从了小梅的建议,开始教授弟子《梅谷棋谱》,消息很快传开了。当梅谷棋社招到越来越多的徒弟时,京城里的其他棋社都隐隐不安。揉增南得知金铁岭的弟子越来越多,很不甘心,他明白要想在江湖上立足,必须联合其他中小棋社。

有一天,王芜湖再次来拜访揉增南,两人谈笑风生,一边聊天,一边喝茶,度过了美好的时光。

"你听说没有？金铁岭的梅谷棋社也在教弟子们使用弃马十三着嘞。"

"是的,我听说了。我是田思义最喜欢的徒弟,只有我的着数是正宗的。"

"那金铁岭如何知道这些？"

揉增南叹了一口气:"天知道他是如何知道的！带你看一样东西,看了之后,你就知道我的着数是正宗的。"

揉增南一边说,一边按下椅子上的开关,只见一扇门打开了，是一间小密室。揉增南走到走廊的尽头，小心翼翼地打开金色的盒子，把《梅谷棋谱》的上卷拿了出来。

"这是田思义传给我的。"揉增南笑着把书拿给王芜湖看。揉增南脸上灿烂的笑容仿佛一个完美的面具，掩饰着他邪恶的内心。

王芜湖带着渴望的心情，紧紧地盯着书。他做梦也没想到，有生之年可以亲眼见到这本书。

"太好了。我可以看看吗？"王芜湖咽着口水，问道。

"当然，当然。"揉增南依然笑眯眯的。

王芜湖翻看着棋谱，里面的几场棋局深深地吸引了他。"太奇妙了！"王芜湖忍不住赞叹道。他想仔细地研究书上的棋谱，揉增南却从王芜湖手里拿走了这本书，用玩笑的口吻说："别忘了，这本书可不是你的。"

王芜湖眼里闪过一丝仇恨，但与此同时，他感到无比羞愧，立刻面红耳赤。他的行为举止好像一只捕食的动物，正在享受自己的美食，却被围观者抢走。王芜湖也没有办法，只好把贪婪藏在心里，说："增南，对不起，这本书的确是世界上稀有的宝藏。当我阅读这本书的时候，好奇心就被激发起来了。老实说，我被这本书深深吸引了，很难放下。"

"哈哈，你还有机会阅读这本书的。"揉增南笑着把书放入盒子里，收了起来。

王芜湖内心特别挣扎，他在想用什么方式来夺得这本书,突然他脑里灵光一现,笑道:"揉兄,你女儿今年多大?"

"我的女儿?"揉增南说道,"她今年十五了。"

"妙、妙!正值及笄之年。"王芜湖说,"我儿子今年二十岁。他还没有娶亲,一直致力于学业,想考取功名。如果你不嫌弃的话,我们可以结成亲家。"

揉增南很高兴,因为他迫切需要盟友。但他假装思考了一会儿,以便增加讨价还价的筹码。

"你觉得我们不门当户对吗?"王芜湖追问。

"不,只是……"

"我拿五百两银子做聘礼。"

揉增南说:"好吧,未来我们互相扶持。"

于是,两人便达成了交易。

揉菲菲听说父亲已经把自己许配给了王芜湖的儿子王天惊,不由得暗自流泪,因为她从来没有见过王天惊,更不用说自己被当作了一件可以交换的物品。她很想反抗,但害怕父亲高高举起的鞭子。揉菲菲感到父亲从来没有爱过她,他对自己非常刻薄,她可以想象到父亲扇在她脸上的巴掌,呵斥她不懂得感恩。

揉菲菲常常被一个问题所困扰:"为什么父亲要生我?"她宁愿从来没有来到过这个世上。

揉增南和王芜湖简单地交换了聘礼和嫁妆之后,揉菲菲就搬到了王家的深宅大院里。婚宴也极其简单,没有多少庆贺者。这一切都是王天惊的主张。他心里非常厌恶这次婚礼,因为他早已悄悄地爱上了尚书的女儿丹丝。一天他去庙里祈福的时候,无意中看到了穿着白衣的丹丝姑娘,他一见钟情,不能忘怀。后来,当得知汪谨准备和丹丝结婚的时候,他便陷入了痛苦的深渊。他期待奇迹发生。

然而,这个世界上没有奇迹,父亲未经他的同意,草草地安排了他的婚姻大事。王芜湖告诉儿子,人活着一定要现实。最终,王天惊同意了这门婚事。

王家大院到处都是奇形怪状的石头,像王芜湖一家人一样锋利而无情。王天惊掀开妻子红盖头的那一刻,他看到了一个面色苍白的女人,两只眼睛哭得如同桃子一样发肿。揉菲菲泪如雨下。这样的哭声让王天惊觉得恼人极了,他厉声呵斥道:"你以为只有你是这场婚姻的受害者吗?我告诉你,我也是!除了丹丝,我从没有正眼看过其他女人。要不是你父亲手里有棋谱,我怎么会违背自己的心意呢?"

揉菲菲忍下了眼里的泪水,她抬起了下巴,歇斯底里地笑了几声,感到如此孤独和无助。她想大喊大叫,但没有人可以听到;她想掌握自己的命运,但无能为力。此时,她想成为自己的主人。揉菲菲的脸如同火炬一样明亮。她鼓起勇气,勇敢地说:"不要认为我稀罕你。我永远都不会喜欢你的。"

王天惊扇了揉菲菲一个嘴巴。

"你个婊子！完全是一个低劣的女孩,没有受过任何教育,就是一个野丫头。你拿起镜子照照你自己,谁会喜欢你呢？一个疯子！我诅咒这段婚姻。"

揉菲菲无法忍受这样的侮辱,突然她想到了父亲和哥哥谈论的《梅谷棋谱》,绝望之下,一个主意浮现在脑海里,她决定孤注一掷。

揉菲菲干笑了几声,问道:"你不是想要那本书吗？我知道书在哪里放着,父亲换了藏书的位置。而且,我还知道那本书里藏有藏宝图,可以指引人找到田思义藏的财宝。如果你再这样虐待我,我就带书,同归于尽。"

王天惊勒住揉菲菲的脖子,说道:"你知道书藏在哪里？"

"放开我！否则,我不会告诉你的。"

"告诉我吧！"王天惊突然变得柔和起来,"我们可以一起发现宝藏,变得非常富有。你可以穿金戴银,过着人人羡慕的日子。"

揉菲菲讽刺地看着王天惊:"好吧,如果给你一个选择,丹丝和这本书,你会选什么？"

王天惊用手抬起了揉菲菲的下巴,猛烈地吻着她的嘴唇,一时间,揉菲菲感到无法呼吸。

"这就是我的答案！"

王天惊突然把揉菲菲扔在了床上,他已经完全崩溃了。

揉菲菲陷入了极度痛苦中,泪水从眼里流了下来:"我告诉你这个秘密,那本书在我父亲书房的密室里。首先,你得到我父亲的书房,然后按书架左侧的按钮,后面的墙壁就会自动打开,你走到走廊的尽头,会找到那个金盒子,里面放着那本该死的书。"

"你怎么知道的?"

"我听我父亲和我哥哥交谈时说的。在给你父亲看了这本书之后,我父亲换了藏书的位置。"

"好吧,你个婊子!"说着这些话,王天惊离开了新娘的房间,大步流星地走进他父亲的屋子。

"你的新娘呢?"王芜湖看到了儿子,诧异地问道。

"那个贱人?她在屋里。父亲,我知道书藏在哪里了。"

"我知道,在揉增南房间椅子后的密室的。"

"不,他换了地方。"

"真的?"王芜湖惊讶地问道。

王天惊把揉菲菲的话复述了一遍。

"啊,我们必须立即采取行动。"王芜湖激动地说道,他的眼里闪着贪婪的光。

"对,父亲,俗话说得好,夜长梦多,最好现在就采取行动。要是那个老狐狸嫁了女儿之后,又换了放书的地方该怎么办?"

"是啊!"王芜湖点头同意。

王芜湖怕秘密泄露出去,当晚只和儿子两人一起潜入揉增南的大院里。

王芜湖有些惊讶,因为看守大院的人似乎非常少,整个院子在惨白的月光下显得阴森可怖。王芜湖和儿子交换了一下眼神,在贪婪的驱使下,父子俩跳入了揉增南给他们设下的陷阱。王芜湖急忙闯入揉增南的书房,果然发现了一个按钮。他轻轻地按了一下,看到书架背后的门打开了。

王芜湖拔起剑摸黑朝密室内的盒子走去,他率先打开了盒子,看到棋谱还在里面。王芜湖不停地翻着棋谱,乐呵呵地说:"这是宝贝呀,这是宝贝呀!"

王芜湖不断地翻书,突然他看到自己的指尖发黑,感到一阵剧痛。王芜湖把书扔在了地上,开始在地上打滚。王天惊试图扶起父亲,却被父亲阻止了。王芜湖用尽全力,结结巴巴地说:"书……有毒,为我报仇!"

王天惊颤抖着,踉踉跄跄地跑了出去,感到极度悲伤。他稍稍平静了一些之后,清醒地意识到自己必须逃跑,找一个落脚的地方,以便有机会东山再起,为父亲报仇。

王天惊在逃跑的路上,突然想到了一个主意——他决定把宝藏的秘密传遍江湖。王天惊确定这个消息一定会在江湖上发酵,掀起腥风血雨。这本《梅谷棋谱》是对人性的考验，从此以后，没有人能够平静地生活。

第二天早上，当揉增南从床上起来时，他的管家走过来，在他耳边说了一些什么。揉增南满意地点了点头，问道："所有人都死了吗？"

管家怯怯地说："儿子跑了。"

揉增南非常生气，把手中的茶杯摔到了地上，大发雷霆："滚出去！"

管家诺诺地点了点头，弓着腰出了揉增南的房间。揉增南意识到宝藏的秘密很快就将不是个秘密，为了有个好结果，他必须先下手为强。

揉增南赶快给儿子揉揉写了一封密信，现在儿子依然在梅谷棋社里藏着，他决定依靠儿子来实现自己更大的目标。

梅谷棋社越做越大，成了逍遥棋社最大的对手。汪文风当然不能放过金铁岭，新仇旧恨让他一定要把梅谷棋社打垮。是他亲手资助金铁岭开设了梅谷棋社，他当然也可以亲手毁掉它。当时他们师兄弟俩情谊深厚，金铁岭给了汪文风《梅谷棋谱》的下卷，汪文风却一直觊觎上卷。有一些仇恨随着岁月的推移，在小人的心中愈演愈烈，成为一种毒药。他想把梅谷棋社打垮，然后拿到《梅谷棋谱》的上卷。于是，汪文风动用自己的关系，设下了一个毒计。

汪文风时不时地想起在梅谷自由自在的日子,那个时候,他和金铁岭的感情很好。但自从放弃了雯雯,他就觉得邪恶跟上了自己。他不能原谅自己,也不能原谅金铁岭。他认为在这个世界上不能做好人,好人会被人欺骗,被挤压,坏人反而可以长命百岁。

在这盘大棋中,丹丝的位置变得越来越重要,因为丹丝是刑部尚书的女儿。丹丝很小就与汪谨订婚了,然而最近汪文风发现汪谨对丹丝不冷不热的,可能会辜负了这位纯洁的姑娘。

汪文风决定去拜访丹丝的父亲,以便尽早确定两个孩子的婚事。

丹丝的父亲热情地接待了汪文风,两人谈笑风生,谈政治,谈生活,仿佛有说不完的话。

"哦,对了,我都差点忘了找您是干什么的了。"汪文风拍了一下脑门,说道,"丹丝和犬子的年龄都不小了,虽然他们一起长大,但是父母之命、媒妁之言还是要有的。我们应该赶快为这两个孩子完婚。"

"哦,这样啊!"丹丝的父亲捋了捋胡须,说道,"最近丹丝似乎不太高兴呀!"

"哦,我让汪谨多关心一下她。"汪文风出了一头冷汗。

"好。对于父母来说,最开心的事莫过于看到自己的儿女幸福。"

"是,是!"

两个父亲开始根据两个孩子的生辰八字选择结婚的良辰吉日。

"太好了,一切都定下来了。"汪文风笑道。

"哈哈哈。"丹丝的父亲也笑了。

这时,汪文风犹豫了一下,说道:"我有事想向您请教。"

"什么?"

"大人,您听说过和我们棋社齐名的梅谷棋社吗?"

"听说过。"

"最近梅谷棋社变得很强大。"

"哦,我们可以给他点颜色看看。"

丹丝的父亲和汪文风决定找一个内鬼,一个愿意出卖金铁岭的人。这样的人很快就找到了。一个叫作揉揉的年轻人跪在汪文风面前说希望找一个更好的师父。

揉揉说,他特别想学棋,于是他悄悄地来到逍遥棋社,在这里看棋。他一进棋社的大门,就被这个棋社的精致和奢华所震撼了。他看到里面的人们喊着杀将,挥手舞拳,热闹非凡,空气里弥漫着汗水以及美酒的味道。出入逍遥棋社的人都是有头衔、有品位的贵人,这里才是下棋爱好者的乐园,他完全被迷住了。所以他来求汪文风,希望有学棋的机会。

"你要跟我学棋?"汪文风笑着问揉揉。他笑起来的时候,眉毛一个高一个低。他的心里如同准备下棋开局一样,仔细地打量着眼前的这个孩子,想如何利用他,或者让他实现更高的价值。

"是的。"揉揉慌忙说道,"我从小就喜欢棋。我祖上好几代人都会下棋,我也想学棋,成为一名棋手,把握自己的人生。"

汪文风斜着眼打量着他,问道:"你学过棋吗?"

揉揉狠了狠心,说了实话:"学过,在梅谷棋社。"

说罢,他立刻痛哭起来,仿佛多少年的委屈在这里一并释放出来。

汪文风先是惊讶,但看到揉揉这个样子立刻猜到了两三分。他拍了拍揉揉的肩膀,安慰他说:"没关系,孩子,有什么委屈和我说。"

"我在梅谷棋社待了有三年了,天天为师父端水倒茶,可是他就是没有教我怎么下棋。三年的青春呀,全部付诸东流。"

"哦,这样啊!看来梅谷棋社的牌号不保呀。"

"他如果不想教我下棋,干吗收我为徒?"揉揉咬牙切齿地说。

"你愿意改拜我为师吗?"汪文风轻轻地问。

"愿意!"揉揉斩钉截铁地说道。

"好。先给我磕三个响头。"汪文风说道。

揉揉立刻跪了下去,拜了三拜。

"这样吧,你每天晚上来我这里学棋,平时还要待在金铁岭那边,不要和他说你又拜我为师了。"

"可以。"揉揉困惑地说道。

就这样,揉揉白天在金铁岭那边待着,晚上就去逍遥棋社学棋。汪文风这样的高手立刻感知到为什么金铁岭不好好教揉揉,因为揉揉求胜心切,四处撒网,很容易走邪路,或被别人利用。

梅谷棋社靠朴实的作风在棋友中赢得了好名声,然而金铁岭不是大财主,只是一个普通的商人。相比之下,汪文风更会营销,懂得设计他的棋社。然而,汪文风还是觉得梅谷棋社是逍遥棋社壮大的绊脚石。

揉揉每天晚上都要把梅谷棋社发生的事情透露给汪文风。汪文风看似毫不在意地听着,但事实上这些消息对他来说确实很重要。

揉揉在学残局的时候,无意中对汪文风说道:"最近金铁岭手头很紧,好几个弟子学棋,都没给他学费。"

"是吗?"汪文风心里有了主意。

"为什么您要先教我残局呢?"揉揉问道。

"会了残局,才知道如何置他人于死地,如何杀将,如何使用卧槽马、闷攻杀、双军错、排山倒海、双重炮、大胆穿心、天地炮等等。我今天教你的是猛攻杀,先学好这一着。"

"好的。如果我的子被攻击,怎么办?"

"借刀杀人或者围魏救赵嘛!"

"谢谢师父。在您这里一晚上学到的东西,要比我在梅谷棋社三年学到的东西都多。"

"嗯,我要你做一件事,可能违反道德,伤害金铁岭,你愿意吗?"

"愿意。"揉揉说,"我想把他带给我的痛加倍地还给他。"

"好。你说金铁岭不教你棋,而且还收你学费,对吗?"

"对。"

"只有你一个人?"

"也有其他师兄弟抱怨他教得很慢。"

"你可以集结这些不满意的人闹事吗?然后控告他诈骗钱财,你们要出庭做证。之后,我会收了这个棋社,你们就可以正大光明地跟我学棋了。"

"太好了!"

十　梅谷之乱

一个晚上,在见了汪文风之后,揉揉想起了自己的父亲和妹妹,不知道他们最近怎么样了,于是偷偷溜回到了自家的院子里。

揉增南已经在屋里等了儿子很久了。

"有什么新消息?"父亲的眼睛发着淡淡的光。

"汪文风已经收我为徒了。"揉揉面无表情地说。

"太好了!"父亲拍了拍他的肩膀,满意地说道,"儿子,你做得很好。记住,一定要打听到下卷的下落。"

揉揉点了点头。

"父亲——"

"怎么了?"

"汪文风想让我做他的间谍,从金铁岭那里获取消息。"

"好,你尽快赢得汪文风的信任。"

揉揉点了点头:"父亲,其他棋社对此一无所知吗?"

"应该是吧。"揉增南含糊其词地说。

"妹妹她还好吧?"

"她的事你不用操心。"揉增南的目光如炬。揉揉低下

了头。

揉揉并没有直接回到金铁岭的梅谷棋社,而是绕道去了王芜湖的家宅。他驻足在大门前,发现整个院子如此凄凉阴暗,仿佛已经被荒废多年了一样。揉揉敲了敲门,没有人应答,一种不祥的预感涌上了他的心头。

揉揉推开了门,发现屋里空荡荡的,几只麻雀在树枝上盘旋,发出幽灵般凄惨的声音,他径直走到揉菲菲的房间,映入眼帘的是一条三尺白绫。

揉揉慌忙解开三尺白绫,把妹妹的尸体放到床上。此时,揉揉感到难以抑制的悲伤涌上心头。妹妹是他唯一的朋友,而今也死了。他突然感觉这个世界冷得没有任何温暖,自己孤独一人,踽踽独行。

揉揉擦干了眼泪,把妹妹的尸体拖到了郊外。他觉得眼睛发干,却再也流不出泪水。把妹妹的尸体埋了之后,他找了一块牌子,上面刻道:"爱妹揉菲菲之墓。"

谈到揉菲菲的死,我们不得不提到王芜湖中毒之日。王天惊幸运地逃脱一死。他疯狂地跑回自己的住所,砸碎了所有的家具,又气冲冲地来到揉菲菲的房间。揉菲菲感受到了丈夫的杀气。

王天惊很想勒死揉菲菲,但他还是下不了手,就扔给她一条三尺白绫,说道:"你和你父亲密谋杀死了我的父亲!你个婊子,还有脸活在这个世界上吗?"

揉菲菲对他恨之入骨,于是说:"觊觎我父亲宝藏的人都没有好下场!"

"你个婊子,照镜子看看,你并不比个妓女好多少。"突然,王天惊用异常温柔的声音说道,"我给你一个选择,要么当姑子,要么自杀,随便!"

说完这句话,王天惊骑着马飞奔离开了家,投靠父亲生前的朋友泸定棋社的社长去了。揉菲菲木讷地盯着眼前的白绫,最终决定把它挂在了梁上,过去的一幕幕全部浮现在她的眼前。从出生到如今,她从没有真正开心过,死亡对于她也许是一个安慰。

汪文风并不着急给金铁岭重重的一击,他决定先测试揉揉的忠诚度,到了一定的时间,他会让揉揉做应该做的事情。

揉揉每一次和汪文风会面都很守时,这让汪文风非常满意。按照约定,揉揉先透露自己在梅谷棋社的生活,然后再学棋。

"今天,金铁岭教了我们弃马十三着,他女儿曾经在一场比赛中用过。"

汪文风在悠闲地喝茶,似乎没有把揉揉的话放在心上:"这个着数厉害吗?"

揉揉苦恼地说:"我没有学会。"

汪文风说道:"想和我对弈一局吗?"

"当然!"

汪文风走了一步仙人指路,目的是观察揉揉的下一步,看他是守还是攻。揉揉看出了汪文风的目的,就按照规矩一步步下棋。

汪文风注意到揉揉的走法非常混乱,便问道:"这就是金铁岭教你的吗?"

"是的,金铁岭总是忽视我。"

"学习象棋,你必须学会如何将军,赢棋是唯一的目的。有很多杀法,比如三车闹士、大胆穿心,是需要胆识的。"

揉揉忙道谢。

"我需要你替我做一件事——"汪文风凑到揉揉的耳边。

第二天,天还没亮,金小梅就听到了外面吵吵嚷嚷的声音。她简单地整理了一下头发,打开门,看到揉揉带着一帮师兄弟在父亲的屋子前大声嚷嚷,喊着"金铁岭出来"。整个棋社被这群暴徒打、砸,变得一团糟,所有的桌椅都翻倒在地上。

金小梅一开始没有缓过神来,不知为何发生如此突然的变故。她在自己的屋子外面冷眼旁观,终于明白了谁是这伙暴徒的头目。金小梅暗自纳罕向来沉默的揉揉是如何有胆量带着一伙乌合之众大闹梅谷棋社的。他们闹的动静越来越大,在大院的门口还围着一群旁观者。大家都指指点点,趁火打劫,想把梅谷棋社的牌子掀下来。

金小梅走上前去,说道:"你们疯了吗?这是唱哪出戏?"

"这是唱逼宫戏。我们要将金铁岭的军。"揉揉歪着嘴一笑,说道。

"对,我们要将老将的军。"后面的一帮师兄弟附和道。

"为什么?我父亲平时对你们那么好,你们欠下的学费,我父亲都替你们赊着。"金小梅仰着头,不满地说。

"但他是个江湖骗子,根本不会下棋,也不教我们棋,还收什么学费?"揉揉面目狰狞地说。

这时,张征站了出来,护在了金小梅面前,说道:"大家公平一点,我们的师父不仅教我们如何下棋,而且还一直在照顾我们。他是在通过下棋教我们做人的道理。"

"那是对你,不是对我们。何况,我又没欠他任何学费。"揉揉嘴角掠过一丝嘲讽的笑容。

接着,揉揉朝后面使了一个眼神,大家拿起棍棒准备朝金铁岭的房门敲打过去。

"哎——"金小梅护着父亲的房门,而张征站在金小梅的前面,以身体挡着金小梅。

这时,门开了,一副修道很久、对世事发展都顺其自然的大师模样的金铁岭走了出来,用平静的眼神扫射了这群闹事的人。大家觉得理亏,一下子变得默不作声了。金铁岭的威严在不言语之中,他的神态、他的气质,以及他的一举一动,都带着威严。

"你们在干什么?"金铁岭直截了当地问。

"我们要砸了你的馆。师父,不要怪我们不念你的恩情,但在你这里什么都学不到,还白交学费。"

"象棋是一个由浅入深的过程。下象棋的人必须有一定的心胸和气度,才能面对千变万化的棋局。我一般都是因材施教,根据你们的个性特点来教你们,有什么错?"金铁岭的这几句话说得很平静,却实事求是,但这样的大实话往往是人们最不爱听到的。

"呸。我们不跟你学了。你从今以后不再是我的师父,我们师徒缘分已尽,我也没有兴趣听你的胡言乱语了。你就是个江湖骗子。"揉揉说道。

金小梅觉得眼前的一幕很滑稽可笑,她一边用笑声挖苦着起哄离去的人群,一边高声喊道:"你们想学棋,棋如人生,你们这一步就下错了。"

揉揉扭头看了金小梅一眼,胃里感到一阵痉挛。他知道离开梅谷棋社,从此就要走上一条完全不同的道路,他不知道是对是错,他的想法并不是这样的,但父命不可违。他本就是受到父亲的指使来到这里的。而且,他已经踏上了一条不归路。

金小梅看到这群黑压压的人离开,扭头看着父亲,发现父亲没有任何表情,却莫名地掉下了眼泪。这时,母亲也跑出来,紧紧地握着金铁岭的手,一脸恐慌地说:"这一天还是来了,他在报复你,因为我要报复你。"

金铁岭握着妻子的手说:"不要怕,即使整个天塌下来,我也要守护着你。"

什么?

金小梅听得莫名其妙,这和报复有什么关系?

"最糟糕的还没有到来。"金铁岭说道,"这只是一场暴风雨的序幕。"

"父亲,您认为揉揉就是那个偷走《梅谷棋谱》上卷的人吗?"

金铁岭严肃地点了点头:"如果揉揉真心想学棋的话,为什么三年来,他如同隐形人一样,对学棋没有表现出丝毫的热情来?他可能本就是为了《梅谷棋谱》这本书来的。可如果书是他偷的,为什么他现在又回到了梅谷棋社唱这一出戏,而且心甘情愿地当汪文风的卒子?他到底想要什么?这个揉揉是什么来历?"

"小梅,把你默写的《梅谷棋谱》上卷拿来给我看看。"金铁岭转向女儿。

金小梅从震惊中缓过神来,她庄重地点了点头,忙找来自己默写的书。

金铁岭说道:"最近发生的这些事,也许与这本书有关。

我们必须抓紧时间找到线索。小梅,你是根据你记忆的每一个细节默写出来的这本书吗?"

金小梅严肃地点了点头。

金铁岭满意地微微一笑。他开始翻看这本书的每一页,惊讶于自己女儿对细节的高超的记忆。金铁岭快速地翻阅了这本书,发现除了扉页的那句诗外,没有其他特别之处。

"大都博弈皆戏剧,象戏翻能学用兵。车马尚存周战法,偏裨兼备汉官名。"金铁岭说道,"博弈、车马、汉官这几个字被重描了。"

"我也觉得很奇怪。"金小梅点点头,沉思道。

金铁岭陷入了回忆当中:"之前在梅谷学棋的时候,有一次我和汪文风一起来到了一个山洞前,洞口有一扇木头门。在前面有两个汉代军官服饰的陶俑,有人一样高的个子,前面还有一架废弃的战车和石刻的马。当时我们想进去看看,然而师父却跟我们说那里是存储粮食的地方,外人不得擅自进入。我们就此作罢。现在回想起来,那个山洞里一定有什么东西。我曾听说祖师爷搜集财宝抗元,这财宝就藏在什么地方。这样想来,《梅谷棋谱》里应该有宝藏的下落,也许就在那山洞里?"

"太可惜了,我们没有《梅谷棋谱》的下卷。"金小梅叹了一口气,说道。

此时,金铁岭感到非常尴尬,他很后悔把下卷"让先"让给了汪文风。

"父亲,这是程颢的《咏象戏》的前半部分?您说下卷上面会不会是诗的后半部分?"

"对,关于程颢诗的后半部分,我可以背写下来:中权八面将军重,河外尖斜步卒轻。却凭纹楸聊自笑,雄如刘项亦闲争。"

"这是什么样的一首诗呀!诗人认为胜败对他来说没有任何意义,让一切顺其自然。"

"你最喜欢这首诗的哪一联呢?"金铁岭问小梅道。

金小梅沉思了一会儿,说道:"最后一联,'却凭纹楸聊自笑,雄如刘项亦闲争'。"

"小梅,赢棋对我们来说意味着什么呢?"金铁岭问道。

金小梅琢磨了一会儿,说道:"赢棋对一个棋手来说意味着一切,同时也没有任何意义。"

"就是这样。很遗憾,我们还找不出下卷书中的重描的字。小梅,你在想什么?"

"没有什么。"

几个时辰之后,突然来了衙门里的人,说要带走金铁岭,把棋社剩余的家产全部查封。雯雯握着金铁岭的手,已经泣不成声。金铁岭宽慰地抚摸了她一下,说没关系,清者自清,浊者自浊,老天爷自会明辨黑白是非的。

金小梅赶紧把《梅谷棋谱》这本书的秘密烧成了灰烬,当她回去看父亲的时候,她被眼前的一切震惊了。暴徒没有把棋社弄乱,但是这些衙门里的官员则抄家一样,把梅谷棋社掀了个底朝天。值钱的书籍被撕得粉碎,随意丢在了地上,棋盘被打翻,棋子散落一地。梅谷棋社没有了之前的生机,池塘里的鱼一动不动地待在水里,仿佛它们也死掉了一样。

金铁岭一家站在旁边冷眼看着自己的棋社被毁。在把梅谷棋社掀得底朝天之后,捕头露出虚伪、邪恶的笑容:"对不起,梅谷棋社的社长,你需要跟我去一趟衙门。"

金铁岭没有反抗,也没有说什么,大大方方地让捕快把自己绑了起来。雯雯半倒在了金小梅的身上。

金小梅把母亲扶到床上,让母亲先待在家里休息,然后她决定到衙门,为父亲申冤。

衙门的大门紧闭着,金小梅用棒槌敲着门旁边的鼓,喊道:"冤啊!冤啊!"

周围越来越多的人被喊声和敲鼓声吸引了过去。

终于,衙门的大门打开了,一位小丑一样的官员懒洋洋地问她:"小姑娘,为什么敲鼓呀?"

"今天早上,我的父亲蒙冤被捕了。他是无辜的。"

"你父亲是干什么的?"

"我父亲开了梅谷棋社,是梅谷棋社的社长。"

"哦,梅谷棋社呀!"

"我父亲被奸人陷害了。"

"虽然你坚持你的父亲是被陷害的,但我们必须听听证人的证词。你先回去,明天这个时候,我们升堂。"

金小梅没有办法,只得先回家。此时,梅谷棋社里变得空荡荡的,于是金小梅慢慢地把凌乱的屋子收拾一下。她觉得自己必须保持头脑清醒,以便应对明天的审判。

第二天,升堂的时候到了。衙门口挤挤攘攘的是以前的师兄弟,他们控告金铁岭诈骗钱财,是个江湖骗子,梅谷棋社本身就是个黑店。他们强烈要求官府彻查此事。金铁岭正义凛然地说道,他都是按照正确的方法教弟子的,从来没有做过什么亏心的事。他的棋社很单纯,只是下棋,不开设茶馆、赌局等,所有的客人也从来没有抱怨丢失过任何东西,因而自己的棋社不可能是黑店。

"金小梅,你说你父亲是无辜的,你有什么证据呢?"

"他莫名地被捕了。这城里的每一个人都知道父亲的好名声。我父亲是一位技艺精湛的棋手,大多数时间都在教导自己的徒弟。大人,我想问您有什么理由抄我们家呢?我父亲是否违背了律法?"

"我们收到了一份对你父亲的控告,和你讲的完全不同。"衙门的师爷懒洋洋地握住双手,说道,"你父亲的徒弟控告他欺骗钱财。"

"一派胡言,可以请他当面和我对质。"金小梅说道。

这个时候揉揉被领到了堂上。揉揉低着头,脸上没有任何表情。他用一种悲伤的语调诉说着:"大人,作为金铁岭的徒弟之一,我控告他欺骗我的学费。三年来,他几乎没有教我什么。我什么都没学会。"

衙门门口的一群人随声附和,瞬时,衙门里传来了赞同的声音。

"揉揉,你之前是金铁岭的弟子,现在你又找了一个新师父,对吗?"

"是的。"

"你为什么离开梅谷棋社呢?"

"因为,我在梅谷棋社里学不到任何东西。"

"金小梅和她的父亲说你对学棋不感兴趣。"

"不是这样的,他们撒谎。"

正在这时,金小梅看到从衙门后面出来一个体态康健、有些富态的中年男子,穿着一身锦衣罗缎。此人眉宇之间竟然和汪谨有些相像,她不由得暗吃一惊:他是谁？汪谨又是谁？

衙门的老爷朝汪文风点了点头,对他表现出极大的尊敬,接着他转向了揉揉:"为什么你不早点离开梅谷棋社,而是在学棋三年之后才离开?"

107

揉揉用一种悲恸的语调说道:"我一直非常尊敬金铁岭,拜他为师,但金铁岭一直都忽视我的存在。我降低姿态,在他面前表现得非常卑微,可是金铁岭从来都没有把我放在眼里。最近金铁岭才开始教授棋谱中的着数,也是这样开了我的眼界。这时,我意识到了金铁岭是个什么样的人,我觉得自己在梅谷棋社浪费了很多时间。"

金小梅感到胃部一阵痉挛。

金铁岭吃惊地看着眼前这位平时不爱说话的学生,撇了撇嘴,决定让事实说话。

听到了他想要的证词,衙门的老爷想赶快结案,然后定金铁岭的罪。他说道:"证据确凿,把金铁岭押到牢里!"

金铁岭被迫跪在了地上,围观者一阵骚动。

"你还有什么要说的吗?"衙门的老爷俯视着金铁岭,问道。

金铁岭没有低下头,不过他什么也没说。显而易见的是,汪文风想要治他的罪,他的辩词根本没用。

此刻,金小梅的眼里噙着泪水。这个世界太不公平了。如果父亲被治罪,那么梅谷棋社就彻底完了,父亲也被毁了。父亲现在已经这把年纪,他如何禁得住这样的打击!

金小梅准备上去为父亲辩护,却被张征拦住了。张征在这个时候闯入了公堂。张征给金小梅做了个手势,让她往外面看,金小梅看到一顶豪华的轿子停在了门口。这顶轿子吸引了所有人的注意。到目前为止,坐在轿子里的人还没有露面。旁观者意识到有一场好戏要看。

张征站上前去,义正词严地说:"师父对我们都很公平,倒是揉揉心机叵测。他从来没有真正表示要学棋,反而躲在一边,仿佛事不关己。我可以做证。"

张征的出现让衙门老爷变得非常恼火。这个案件立刻变得复杂了起来。而且他和汪文风都在担心是谁坐在轿子里,以轿子的豪华程度来看,这一定是一个有地位的人。

衙门的老爷尽管忐忑不安,但他既然说金铁岭有罪,就不想改变这个判决,他几乎尖叫着说:"你的证词被驳回,金铁岭必须蹲监狱。"

说这句话的时候,他对汪文风暗笑,但汪文风只是点了一下头。

"谁敢在皇城脚下贪赃枉法?"轿子里传来一个响亮的声音。人们开始窃窃私语。他们看到一个眉目清秀的年轻人走出来,此人穿着十分考究,紫色的衣袍上有一条四爪龙。这足以证明他的地位不简单。

对,从轿子里走出来的人就是向金小梅求婚的小王爷,他遭到了金小梅无情的拒绝,却依然心心念念地想着她。之前在一阵混乱之际,张征想到了朱文纯,便跑到朱文纯的府邸里,给了守卫几两银子,让他给小王爷捎信说梅谷棋社有难，请求帮助。听罢张征的请求，朱文纯二话没说，立刻乘轿来到了衙门。

待在轿子里面，朱文纯悄悄地掀起垂帘，从头到尾目睹了整个荒谬的审判过程。一想到这个昏官这样草率地结案，朱文纯就气不打一处来。这显然是官商勾结。

金小梅看到穿戴得金光闪闪的朱文纯走到了前面，朱文纯却第一次没有看金小梅，而是用严厉的目光扫视着所有人。

衙门老爷立刻吓破了胆，颤抖着问："对不起，您哪位？"

"你怎么能在不听证词的情况下，对一个无辜的人宣判呢？"在朱文纯坦率又正义的眼神下，衙门里的老爷就像一个小丑。

这时，朱文纯转向了汪文风，问道："你说你已经接收这个年轻人了？"

汪文风冷冷地点了点头："是的，我已经收这个年轻人为徒了。"

"听说你和金铁岭在梅谷是好朋友？"

"是的。"

"如果我没记错的话，你们两位都是田思义的徒孙？"

"是的，我们是。"

"你们俩谁更厉害？你还是金铁岭？"朱文纯问道。

"我们在梅谷学棋的时候，棋艺不相上下。"汪文风不情愿地说。

"也就是说后来你们很少对弈了?"

"是的。"

"你们两位在当今算作象棋大师了吧?"朱文纯问道。

"俗话说山外有山,人外有人,我不敢下此定论。"金铁岭插话道。

"我有一个想法,我们需要展开一场比赛,欢迎天下豪杰来参赛,时间定在今年的八月十五。获胜者则是新一代的国手。"

围观的人们都鼓起掌来,大家都期待着这一象棋盛事。

小王爷转向了揉揉,问道:"你觉得这个想法怎么样?"

揉揉结结巴巴地说道:"这是一个好主意,殿下。"

"你会参加吗?"

"我会。"

这是揉揉三年来犯的第一个错误,也许是由于失去了自己的妹妹,也许是不满于多年的刻意低调,揉揉竟然答应了参加这场象棋大赛。

"你下棋很好吗?"

揉揉立刻意识到了自己的错误。

小王爷嘲笑揉揉,说道:"如果你下棋很好的话,那么你之前的师父金铁岭一定是一位称职的师父。你同意我的说法吗?"

揉揉没有吭声。

小王爷并没有就此罢休,他说道:"小伙子,你知道在公堂上撒谎将会面临什么样的惩罚吗?再问你一遍,金铁岭认真教你下棋了吗?"

"是……是的。"揉揉退缩了。

"那你还指控你的师父吗?"

揉揉看了看汪文风,保持了沉默。

"好的,那么金铁岭无罪,可以当庭释放。"然后,他转向衙门的老爷,说道,"我会向陛下弹劾你的。"

人群一片欢呼,正义得到了伸张。

金小梅回到家之后,看到母亲在家里哭泣,就问母亲到底知不知道梅谷棋社和逍遥棋社的往事。母亲没吭声,拿出一把扇子,上面写着"怡红馆"几个字。

"母亲,您是——"金小梅万万没有想到母亲原来是风尘女子。这几年来,父亲一直对母亲很尊敬,也没有纳妾,所以,在金小梅想象的世界里,她的母亲是个大家闺秀。

母亲点了点头,迟疑地看了金小梅一眼,生怕女儿瞧不起她。金小梅笑道:"自古很多风尘女子不让须眉。母亲,您不用为这个担心。比如才貌双全、重情重义的苏小小,哪点比那些臭男人差?"

母亲笑了:"我是卖艺不卖身。当时汪文风和你父亲同时喜欢上了我。两个人是师兄弟,性格却截然不同,一个稳重,一个轻浮。当时我更喜欢汪文风,希望他可以把我赎出去,然而汪文风违背了自己的誓言。而你父亲却不嫌弃我,要我嫁给他。我渴望走出风尘的泥潭,就嫁给了你父亲。和你父亲相比,汪文风家境更宽裕,他看到你父亲和我结婚,心里和面子上都过不去。梅谷棋社和逍遥棋社的仇怨就是这样结下来的。"

"哦,原来如此。"金小梅突然感到一阵刀绞一样的心痛。她意识到,汪谨应该就是汪文风的儿子。

金小梅觉得屋子里的空气让她感到窒息,她对母亲说:"我想出去一下。"

母亲说:"好的,不要走太远。"

十一　孔庙之遇

　　金小梅感到心里一阵剧痛。她知道父辈们的恩怨如同蛛网一样难解。她内心深处感到了苦楚。汪谨是汪文风的儿子，这意味着除了丹丝外，他们之间还有其他障碍，因而他们无法在一起。突然，天下起了大雨，金小梅抬起头来，仰望着天空，让雨水落入她的嘴里，味道却是咸咸的。她无法区分那是自己的眼泪还是雨水。

　　金小梅第一次感到两手空空，失去了她认为有价值的一切，包括过去无忧无虑的日子，以及那些充满欢笑的时光。雨水从房檐上流到了地上，地面上积起了一汪汪水潭。现在金小梅的心里被三样东西所占据着：象棋、对汪谨的爱，以及《梅谷棋谱》。这三样东西让她喘不过气来。

　　终于金小梅恢复了理智，现在还不是绝望的时候，她应该鼓起勇气，像一名象棋选手一样参加命运的比赛。如果世间的一切以及她的一生都被视为一场棋局的话，为了赢得胜利，她会牺牲什么？她怎么赢棋呢？她会轻易屈服于她的命运吗？不会的，她将会继续战斗，以女战士的身份战斗。如果有人在将她的军，她必须反击。

金小梅漫无目的地走在街上,在雨中街道也变得模糊起来,她随着人群在街道上来回走动,试着不流露出沮丧的神情。

她又想到了朱文纯,想到他今天在公堂之上的所作所为。难道她从来没有想过嫁给朱文纯吗?她试图回忆朱文纯的相貌,结果发现她仍然无法爱上他。人生就是这样。有些人我们有缘见面,但只有在生命结束时,才会在一起;有些人我们从来没有见过面,却盲目地携手走入婚姻。对于一个普通家庭的女孩子来说,嫁给朱文纯难道不是一种幸福吗?她还想要什么?她为什么不能对朱文纯挽救了她的父亲表示感谢?为什么老天让她遇见了汪谨,结果他却是自己父亲仇人的儿子?

金小梅十分低落和沮丧。她内心非常痛苦,没有人可以和她交谈,分担她的悲伤。她看到夕阳把远处的天空映衬成了金色,金小梅不由得眼里充满了泪水。金小梅不知怎么来到了京城的孔庙前,见里面香烟袅袅,她就准备进去给父亲祈福。她踏上被岁月风雨打磨得圆滑的石阶,感觉自己烦躁不安的内心渐渐地平静了下来。有很多信徒在给孔子烧香,也有人用红色的结绳写下自己的心愿,希望孔子保佑他们的愿望可以实现。在孔庙里有一座钟,很多秀才都会花钱敲钟,一共敲十下,保佑自己可以高中状元。

金小梅在孔庙里走着的时候,看到汪谨身边的那位丹丝姑娘。此时,金小梅穿着女装,怕被认出来,就转过身去,但还是被叫住了。

"金力姑娘,你别走。"

金小梅低着头,扭过身去,和丹丝面对面。

丹丝仔细地打量着金小梅,发现她穿上女装甚是好看,国色天香一般。丹丝带着一丝酸意,笑着说:"我早就看出你是个姑娘了。汪谨哥真笨,依然把你当兄弟。"

金小梅笑笑:"我喜欢女扮男装,不然下不了棋。哪个男人会和女人下棋呢?"

"是啊,我真佩服你。不是因为你会下棋,而是因为你敢做我们女孩子一般不敢做的事,也许这就是男人很容易对你动心的原因吧。"

"你说什么?"金小梅的手心里全是汗。

"我的那个傻哥哥还以为自己喜欢上男孩了呢。"丹丝带着一丝苦意笑道。

金小梅的心里又是喜,又是忧。因为这说明两人对弈时的感觉是一样的,两人心意相通,然而,上一辈人的恩怨,注定了这辈子她和汪谨永远不能在一起,更何况还多了一个丹丝!

"你在这里系同心结吗?"金小梅问道。

"对,不过系了也没用。"丹丝笑笑,捂住了同心结上的名字。

"是汪谨吗?"

"是,不过,我说了他喜欢你。"

"你似乎很喜欢他。"金小梅小心翼翼地问。

"岂止是喜欢? 他简直就是我的生命。我们从小一起长大,两小无猜,我们的父亲关系也很好。他常常护着我,下雨天,把蓑衣戴在我身上,自己却感冒了。我们一起读书,一起喝茶。他弹琴,我唱歌。虽然我们没有成婚,但恰似夫唱妇随,非常快活。我从小就认定他是自己的夫君。有一次他的衣服破了,我带着病悄悄地给他补好,看着他欢喜的样子,我甭提有多高兴了。我还给他绣了吉祥富贵的刺绣,差点绣瞎了眼睛。然后他就指责我,说我不爱惜自己的身体。我虽然眼睛痛,心里却很高兴。这十几年,我们就是这样过来的。我们一直都是客客气气的,从来没有吵过架。"

金小梅听到了这一席话,心里觉得很不舒服,她不甘心地想:你只是比我多认识了他几年,凭什么就可以和他在一起? 然而,当金小梅理解了丹丝对汪谨的一往情深之后,觉得自己怎么都不能像丹丝一样爱着汪谨。对于丹丝,汪谨是她的一切,那么自己又怎能忍心横刀夺爱呢?

"你不要胡说了,汪谨是不会喜欢我的。我们只是朋友,也许到时候,连朋友都做不成了。"金小梅苦涩地喃喃道。

"为什么呢? 你们两个人互相喜欢,怎么不能在一起呢?"

金小梅苦笑了一下,想着今天在衙门里发生的事和母亲说的话,却没说什么。她不想解释,不想把自己的烦恼带给另一个纯洁无辜的人。

"我们可以做朋友吗?"丹丝问道。

"当然可以。你放心,我不会和你抢汪谨的。"金小梅说道。她们一边说,一边往孔庙外走。她们看到了一个水缸,里面全是钱币。

"人们说把钱币投进水缸里,如果钱浮起来,就会发财,或者前途无量,或者拥有好姻缘。"

"是吗?"金小梅觉得非常好奇,"我们也投一下吧。"

丹丝点了点头。她随意地把钱币扔进了水缸里,钱垂直地向下落:"哎,看来只有神仙才能将它浮起来。"丹丝一边说,一边叹着气走了。

金小梅留在了水缸边。她微微思考了一下,把钱币横着放入水中,钱币在水里晃晃悠悠地下落,仿佛在水面上逗留了一下。金小梅笑了:今后的困难一定可以解决的。

金小梅回到家后,看到父亲颓废地坐在那里,生着闷气。母亲过来给他倒了洗脸水,用毛巾轻轻地擦拭他脸上的灰尘。父亲握住母亲的手,竟然大声哭了起来。

这一幕让金小梅看呆了。她定了定神,对父亲说:"没关系的,总有办法的。我刚去了孔庙,硬币是浮起来的。"

父亲瞪了她一眼,没说话。他不相信这些。

吃午饭的时候,三个人都沉默着。突然父亲开口对金小梅说:"你嫁人吧。"

"嫁人?为什么?"金小梅的筷子差点掉到桌子底下。

"汪文风不会放过我们的,你只有嫁给朱文纯,才能保住我们家。"

金小梅不吭声。

"你嫁不嫁?"

"我只嫁喜欢的人。"

"小王爷性格温柔,又有地位,他能看上你是你天大的福分。"

"他确实不错,但我只愿意嫁给我喜欢的人。为此,我愿意等五百年。"金小梅倔强地说。

"谁是你喜欢的人?"父亲眉一竖,厉声问道。

"所有会下棋的人。"金小梅也有些激动地说。突然她感到很累。棋社,父亲,丹丝,朱文纯……这一切的一切加起来,让汪谨成了一个永远不可能的梦。

"早知道就不该教你下棋!"父亲啐了她一口。

"不下棋,朱文纯会喜欢我吗?"金小梅用手擦掉脸上的口水,顶嘴道。

父亲举起手来,想给她一个巴掌,却又把手收回来了。

金小梅带着歉意离开了餐桌,说:"对不起,我累了。"

十二　江湖的血雨腥风

几日来,逍遥棋社处处针对梅谷棋社,金铁岭赢了诉讼,依然感到棋社的经营难以为继。金小梅再次出去在街上散心,看着拥挤的人群。当回到家中的时候,她猛然发现原来的四合院变得非常空旷和混乱。院子里杂草丛生,砖头的缝隙里还长出草来。花园里的花朵都在褪色,仿佛经历了一场暴风雨,花瓣落在了地上,零零星星的一片。金小梅忍不住流下了几滴愤怒的眼泪。

她快步走向父亲的房间,敲了门。她听到一声"进来",和之前一样洪亮的声音,金小梅松了一口气。她打开门,看到母亲正在父亲的肩膀上啜泣,她的父亲如同山一样笔直地坐在那里。

金小梅有些哽咽地说:"父亲,明天太阳照样升起,朱文纯不是说要举办象棋比赛吗?这对我们棋社是一个机会。"

听到了这个名字,父亲怒气冲冲地对女儿说:"你是一个多么不知道感恩的孩子呀。你难道不知道小王爷对你情有独钟吗?如果你嫁给他,将来就拥有头衔和地位,你还想要什么呢?"

"我可能得到财富,头衔和地位却得不到。"

"为什么?"

"父亲,如果嫁给朱文纯,难道不是给他做妾吗?"金小梅含着泪花,问父亲道。

金铁岭叹了一口气。

"父亲,感情是不可以勉强的。"金小梅深感痛心地说。

"你嫁给朱文纯,咱们家的苦难也就结束了。"

"但是嫁给朱文纯太冒险了。现在他受到皇上的恩宠,你能确保皇上以后不改变主意吗?"

金小梅见父亲无话可说,便说道:"父亲,我只愿意嫁给我一生喜欢的人。如果不能的话,我愿意下一辈子的棋,而且不会孤单。"

说完这句话,金小梅离开了父亲的房间,头高高地仰起来。

《梅谷棋谱》中藏有一张宝藏地图的消息早已传遍了江湖,是王天惊为了报仇传出来的。而揉增南的棋艺突进自然引起了人们的注意。这段时间,越来越多的人拜访揉增南,来打听那本书的下落。揉增南一口咬定自己的棋是田思义亲自教的。

在一个满是繁星的夜晚,庭院里非常安静。昆虫吵闹地叫着,人们陷入甜美的梦乡。

揉增南正在梦乡当中，然而他几乎每天都在做噩梦，他梦到有几十个人都在追捕他，他手里拿着《梅谷棋谱》狂跑着，直到跑入了大雾当中。突然他的女儿在前面招手，他准备过去，却掉入了一个深渊。他大喊救命，立刻醒来，吓出了一身冷汗。此时，他感到脖子上凉飕飕的，他在黑暗中，看到一个蒙面人把一把刀子架在了他的脖子上。

揉增南的心跳得很快，他问："你想要干什么？"

"我是一个劫匪，我只要我想要的东西。"

"那个盒子里有珠宝，你想要多少就拿多少。"

"珠宝对我来说一点意义都没有。"

揉增南意识到他是为了棋谱而来的。

"书在哪里？"

"哪本书？"

"你明知故问，就是有藏宝图的那本。"

"我不知道你在说什么。"

"不说？好，那我先杀了你如花似玉的妾。"劫匪把刀子放在揉增南女人的脖子上。

"我以上天的名义起誓，我没有说谎。"揉增南希望这样可以说服劫匪。

劫匪当然不相信他，把冰冷的刀子插入揉增南和他女人的心口。

在江湖中,越来越多的人为了中秋的棋赛而做着准备。汪文风的棋社依然高朋满座,很多人不仅过来下棋,而且和社长畅谈。客人向汪文风提到了《梅谷棋谱》,而汪文风的确对这个棋谱的秘密一无所知。汪文风的坦率让客人信服,也就再没有问过。

揉揉在角落里观察着一切,等待盗取《梅谷棋谱》下卷,他的心如同冰河一样冷。妹妹和父亲的死亡带给他的只有仇恨。

十三　第三局

　　金小梅回到自己的卧室，询问着自己的心，问自己究竟想要什么，该怎么做。她想来想去，得到的答案是：她确实很喜欢汪谨，下棋的时候，总觉得他们心有灵犀。汪谨的棋风厚重，但不拘泥，为人小心谨慎，很暖心，也很呵护女子。而她的棋风锋利张扬，行云流水，如果他们在一起，汪谨一定会对她百般谦让。

　　她拗不过自己的内心。丹丝说汪谨对她朝思暮想，那么丹丝算什么？这只能感叹命运的安排，让她晚几年遇见了汪谨。

　　可是上辈人的恩怨，又……

　　如果汪文风不设计击垮梅谷棋社的话，她和汪谨的爱情似乎还是有救的，她还有可能和汪谨在一起，现在不仅她的父亲不会同意，汪文风也一定恨她恨到了骨头里去。

　　于是，金小梅得出了结论：她和汪谨之间是没有任何希望的。

　　金小梅想到这里，已满脸泪水。她又着急，又担心，总觉得命运不公，天地不仁，为什么她会爱上仇人的儿子？不过爱情的力量是盲目的,它如波涛汹涌的大海,让人听到美妙的涛声,在这涛声之中,找到自己内心的涛声。

金小梅擦干了眼泪,没想到自己竟然哭了。好强的她是很少流泪的。突然,她想到汪谨还没有见过她穿女装的样子,还听丹丝说汪谨以为自己喜欢上了一个男孩。于是,她决定再冒一次险,来到逍遥棋社,这一次以女孩的身份。

金小梅对着镜子看着自己的样子,她的柳叶眉微蹙,有一双闪着智慧的光芒的大眼睛。她轻轻地用红纸把嘴唇点了一下,脸上淡淡地擦上了白粉,把乌发绾了一个发髻,又留下了一点披发。她穿上了束腰的粉红色的袍子,显得年轻又深不可测。

她就这么穿着女装来到了逍遥棋社。相比父亲冷清的棋社,逍遥棋社门庭若市,商贾云集,来下棋的有不少达官贵人。看到此情此景,金小梅觉得鼻子一酸。她控制着自己的情绪,决定成败在此一举。风水轮流转,说不定有一天她可以重振梅谷棋社,因为她才是梅谷真正的传人。

突然,她在思考"得先"和"让先"之间的区别。"得先"是弃子抢攻,"让先"是让其他人几步,而获得先机。无论是"得先"还是"让先",都是在变化之中,棋河千丈宽,计谋万丈深,赢棋才是最终的目的。无论如何,都不能墨守成规。学会变通,这样行棋才可以如行云流水。棋子的规则是一定的,但如何下棋,取决于棋手的智慧、眼界和胆识。上卷还是下卷并不重要,关键是如何把上卷和下卷连通。天下有下不完的棋,面对不同的人,要知道如何下不同的棋,从而获胜。

金小梅在逍遥棋社里小心翼翼地走着,她出众的外貌让周围下棋的人和看客都停了下来,好奇一个女子如何出现在这里。金小梅假装没有注意到这些,径直走到汪谨的屋内。

"小姐,您找谁?"拉门帘的人问道。

"我找你家少爷,告诉他金力来了。"

"好的。"

金小梅漫无目地看着这间房间。来了好多次了,都还没有仔细地打量过这间房间。这间房间和逍遥棋社的嘈杂与浑浊显得有些格格不入。周围的架子上都摆满了古籍,茶几上摆放着一只梅瓶,里面插着一枝木芙蓉。金小梅的心静了下来。她是来寻找俞伯牙和钟子期那样的知音的吗?也许她没有看错,汪谨和他的父亲不一样。

"金兄,你终于来了,让我好等呀。"汪谨人还未到,就高兴地嚷嚷着。然而当他看到眼前这位曼妙的女子时,他不由得呆住了。然后他走上前来,想像之前一样拉着金小梅的手,考虑到男女大防,又将手缩了回来。他慌慌张张地改口,以掩饰自己的尴尬:"我早该想到了,你怎么会是男子呢?哪位男子会像你这样风姿绰约?"

"我是来赴约下棋的。"金小梅假装毫不在意汪谨的惊喜,依然带着戏谑的语气说道。

"金姑娘,说实话,你真让我既吃惊又佩服。我从来没遇到过哪一位女子可以有如此高超的技艺。你的技艺甚至可以超过我父亲。"提到他父亲,他微微皱了一下眉头。金小梅一阵欣喜,她幻想着汪谨非常讨厌他父亲的作为。

"过奖了。"

他们坐在了棋桌前,金小梅拿着红棋,汪谨拿着黑棋。他们开始下棋,汪谨的眼睛一直没有离开金小梅的脸。金小梅脸红了,说道:"要下棋就好好下棋,我不愿和失败者对弈。"

"好。"汪谨更起劲了。他就是欣赏金小梅这种女侠一样的爽快与直接。这一点,柔弱的丹丝身上没有。

这一次金小梅直接走了当头炮,她开始攻击。她一般不走当头炮,除非想急切地攻下城池。接着,她走了第二个奇着,把第二个炮退后了一步,让两个炮排击起来,集中进攻对方的中路。汪谨可以感受到金小梅的怒气。他暗中吃惊,平时金小梅柔中带刚,以柔制胜,为什么今天她如同火药桶一样,集中所有的火力攻击他的城池?这可是一着险棋。他知道强攻无论如何都不是金小梅的强项,金小梅的棋路更有弹性,于是他小心翼翼地进攻她的三路和七路,把她的马吃掉。

这盘棋下了很长时间,汪谨的车成功地吃掉了金小梅的车,眼看金小梅就要输了,她从赌气中清醒过来,用她的马和剩下的炮成功地把汪谨的双士、双象都打掉了,然而她的炮和马也被吃掉了。最后的结局是金小梅双士象全,而汪谨只剩下了一个炮。

"和了。太妙了。和你下棋真是一种享受。你可以在被动的局面下,转危为安,下成和棋,简直是位奇女子。"汪谨带着爱慕的眼神说道。

金小梅笑笑,说道:"汪公子见笑了。雕虫小技,只是一些花拳绣腿。"

"对了,金姑娘,认识了这么长时间,我还不知道你的名字呢。你可否告知芳名?还是我一直叫你男性名字金力呢?"汪谨说着,掩饰不住脸上的渴望。他从来都没有这样兴奋过,仿佛微风拂面一样惬意和爽快。也许这就是知音的力量。人总是孤独的,茫茫人海之中,如果能够找到可以和我们相和相生的人,简直就是奇迹。然而很多人一生都很难找到这样的知音,只能孤独终老。

"如果我不告诉你呢?"金小梅双手放在桌子上,问道。

"那我就绑架你,不让你走。你在我的地盘,由我做主。"

"哈哈,好吧,我叫金小梅。"

"小梅,我喜欢你的名字。梅花是我最喜欢的花,只留清气满乾坤。"

"哈哈,我也最喜欢梅花,尤其是严寒的蜡梅。我知道有一处长满梅花的山谷,满山、满园的香气,不畏严寒,不畏霜雪,难怪古人要踏雪寻梅呢!"

汪谨突然有些疑惑,他问道:"你是说传说中的梅谷吗?"

"梅谷是什么?我没听说过。"金小梅喝了一口茶,撒谎道。

"我父亲曾经是传说中梅谷的门徒,那里是学习象棋的最佳地方。他告诉我,他的师父给了他一本《梅谷棋谱》,看了那本书之后,他的棋艺长进很大。"

"真是太神奇了。这本书是关于什么的?"金小梅故意问道。

"我只读了下卷,不知道上卷在哪里。我可以给你看这本书,我父亲不在。"

说着,汪谨从书架中间取下了这本书,金小梅感叹他竟然把这么贵重的书放在如此显眼的位置。

汪谨介绍道:"整本书都是关于'让先'的。"

"我听说过还有一种策略是'得先'。"金小梅沉思道。

"对,我父亲也跟我提过。"

"'得先'和'让先'哪一个更好呢?"金小梅笑着问。

"我认为无论是'得先'还是'让先',下棋者的高瞻远瞩最重要。"

金小梅点头表示同意。

金小梅一边翻看着下卷的《梅谷棋谱》,一边浮想联翩。突然,她看到了最后一页有一个总结,是程颢诗的下半首:

中军八面**将军**重,**河外**尖斜步足轻。

却凭纹楸聊自笑,雄如刘项亦**闲争**。

金小梅仔细地看了几眼,记住了重描的字,然后把书还给了汪谨,好像什么事都没有发生。

"金姑娘,我们可以出去喝一杯茶吗?此时正是京城热闹的时候,这里的人太杂了,我怕影响你我的雅兴。"

"好啊。"这正是金小梅想要的,"把棋谱放在书架中间安全吗?"

汪谨说道:"安全!"话毕,他似乎看到门口闪过了什么,也许是风吹过树枝。

汪谨把金小梅拉出了逍遥棋社。他们在京城里闲逛着,两旁有饭铺,有服饰房、药店、当铺,人山人海。汪谨给金小梅买了一根糖葫芦。走累了,两人就坐在一个石凳上聊天。这时,不远处有人拉着二胡,声音凄惨凌厉。

"我们做个游戏吧。"金小梅说道。

"好呀。"

"我们打个字谜。两个人坐在泥滩上,这是什么字呢?"金小梅一边说,一边踢着腿,打趣道。

"两个人坐在泥滩上,那不是泥菩萨过河自身难保了吗?"汪谨摸着脑门问道。

金小梅知道汪谨在打趣自己,她用手弹了一下他的脑瓜,说:"你再想想,不要胡言乱语。再胡言乱语,我就不搭理你了。"

"好吧。两个人坐在泥滩上,这不是'坐'吗?"汪谨说道。

"对了!"

汪谨看到一缕头发飘到了金小梅的眼前,挡住了她的视线,便用手轻轻地把她的头发撩开。

汪谨和金小梅有那么一刻彼此凝视了一会儿,汪谨清晰地看到了金小梅的脸,如此白皙,美得如玉一般,不由得看呆了。

"闭上你的眼睛。"金小梅说道。

"为什么?"

"谁让你这么瞪着我看的?"金小梅假装愠怒地说道。

"你知道你让我想起了什么典故?"汪谨一脸坦诚地继续说道,"北方有佳人,绝世而独立,一顾倾人城,再顾倾人国。你笑起来的时候,非常美丽。"

"别开玩笑了,我哪有那么美?"金小梅被二胡的声音搞得无比伤感。

"怎么了?"

"你一定夸了很多姑娘长得漂亮吧!"金小梅带着酸味讽

刺道。

"你错了，我是无辜的，我从来都没碰过其他姑娘一根指头。"

金小梅一笑而过，回想起了那次看到他和丹丝拥抱，也就没有点破。男人总是爱撒谎，何必揭穿他呢？丹丝毕竟可以为了汪谨付出自己的一切，包括生命，可她万万不能。

"我们俩永远这样该多好啊。我向你父亲提亲，你告诉我，你的父亲是谁？我也要把你引荐给我的父亲。咱们俩心意相通，结婚之后，我们可以一起对弈，生活会充满情趣。我想我父亲也想象不到他的儿媳妇会是一个象棋高手呢！"

"现在还没有到那一步。"金小梅含糊其词地说。她不想让汪谨知道她父亲和他的父亲是仇人，而且汪文风要吞并她父亲所有的资产。

"你听到对面的二胡声了吗？他拉得多么凄凉呀。也许人生就是这样的，一切都是冥冥中注定的，悲剧永远是人生的结局。"金小梅突发感慨地说道。

"你怎么了？要不我们给那个拉二胡的一些钱？"

金小梅揩去眼角的泪水，和汪谨走过去，一人给了老者几个铜钱。拉二胡的老者看着金小梅说了一句话："女壮，勿用取女。"

金小梅一惊，不知道老者是什么意思，她接着问道："如果我们有讼卦，该怎么办？"

"不永所事,小有言,终吉。或者,不克讼。"

"谢谢您。"金小梅读过《周易》,知道老者的意思。

"没关系,姑娘美貌善良,祝您好运。"

"他是什么意思?"汪谨莫名其妙地问道。

金小梅立刻知道汪谨没有看过《周易》。学习象棋关键是变化,《周易》就是告诉人们如何应变的。所以汪谨的棋艺终究会有所缺憾。

"他没说什么,胡说了一通。"

然而,金小梅想的是为什么他会说"女壮,勿用取女"。

十四　朱文纯的帮助

金小梅回到家后,再次看到残破的院落。很多家具都被当卖了,剩下的棋桌寥寥无几。金铁岭正含着眼泪让徒儿们离开,另寻明师。其他人都不得已离开。

张征说道:"师父,我要守护您一辈子。"

师父看着张征,意味深长地说:"你跟着我难有出路。"

"没关系,一日为师,终身为父,我愿意侍奉您一辈子。"

"小梅答应你了吗?你们从小一起长大。"师父问道,"上次她拒绝了朱文纯的提亲,我猜想以小梅的性格她是很难拒绝像朱文纯那样才德双全的人的,除非她心里已经有喜欢的人了。"

"师父,我曾经向小梅表露过心意,但被拒绝了。小梅喜欢的人,绝对不是我。"

"哦。"师父皱了一下眉,他开始担心了,"那你留在这里干什么?"

"我愿意守护这个棋社一辈子。"张征说道。他说这些话的时候,神情异常坚定。

金小梅听到了谈话,把这一切都看到了眼里,却什么都没说,只是朝他们点了点头。

这时,有一个仆人过来,通报道:"金老爷,小王爷过来了。"

金铁岭仿佛遇到救星一样,马上站了起来。这时,金小梅扭过身去,她没有想到朱文纯对自己的感情如此深,遭到拒绝之后,还没有死心。于是,这一次,她决定对他好一些。

"金老爷,这是怎么回事?您的家具怎么都变卖了?梅谷棋社怎么变得如此萧条?"

金铁岭忙请朱文纯上座,自己坐在旁边,金小梅站在那里。朱文纯一边摇着折扇,一边看着金小梅,如同看一幅画。金小梅站在那里,任他欣赏着。

"逍遥棋社想要收购我们棋社。"

"哦,原来是汪文风。我去过逍遥棋社,没什么,特别混乱,鱼龙混杂,不是学棋的清静之地。我更喜欢您这样的棋社,可以更好地修行。"

"谢谢。"

"我听说令爱会下棋,我也学了一些棋,想请令爱赐教一局,指出我的缺点,好提高棋艺。"

金铁岭担心地看着金小梅,怕她在这个时候耍脾气,让家里雪上加霜。没想到金小梅并没有反对,反而说道:"好啊,我愿意教您下棋。"

金小梅和朱文纯分别坐在棋桌两旁。朱文纯先走,走了一个偏宫炮,作为攻守势。没走几步,金小梅就意识到朱文纯只是刚刚学会了下棋,才处于初级阶段。

炮八平四,炮二平五。

马八进七,马二进三。

车九平八,车一进一。

相三进五,车一平六。

士四进五,车六进五。

兵三进一,炮五进四。

马七进五,车六平五。

马二进三,卒三进一。

马三进四,车九进一。

炮二平三,象七进五。

车一平二,车九平八。

朱文纯输了。"痛快呀,痛快呀!"朱文纯站起来,摇着扇子,开心地说道。金小梅微微一笑:"献丑了。"其实,她的心里觉得很奇怪。虽然和朱文纯下棋没有和汪谨下棋时扣人心弦、心心相印、棋逢对手的感觉,然而还是很愉快的,就好像两个好友闲聊,没有任何压抑。

"和小王爷下棋真的很愉快。"金小梅怕朱文纯因为输棋伤心,赶忙说道。其实,她说的是事实,这是她平生下得最愉快的一次棋,并不是因为她赢了而感到愉快,而是因为轻松而感到愉快。

"是吗?"朱文纯的脸上露出了喜色。他看到金小梅对他的态度发生了改变,很开心,觉得金小梅总有一天会喜欢上自己。

"我想你更愿意嫁给一个会象棋的人,为了你,我要好好学棋。"

金小梅不由自主地笑了,说道:"谢谢小王爷这么抬举我。我可以教您下棋,不过如果您真的不喜欢对弈的话,千万不要勉强自己。否则,下棋会给您带来无尽的痛苦,会让您误入歧途的。"

"哦,有这么严重啊!"朱文纯说道,"我只想和你成为朋友。"

"我们当然是朋友了。"金小梅愉快地说,"要不要我给您沏壶茶喝?"

"不用、不用。那如果我再向你求婚,你愿意嫁给我吗?"

金小梅正准备回答的时候,金铁岭喊他们过来,说要请小王爷一起用午膳。

"不用了。"朱文纯有些恼怒,因为他没有得到金小梅的答案。

而金铁岭以为是因为金小梅在下棋时不知分寸,说道:"小梅若有得罪,小王爷见谅。"

"没有,我们下得很好。"朱文纯立刻开心地说,"午膳就不用了,我下次再来拜访。"

"谢谢您。"金铁岭感激涕零,作揖道。

朱文纯一笑,摇摇头,走了。

朱文纯走后,金铁岭板起了脸。

"跪下。"金铁岭说道。

"为什么?"金小梅顶嘴道。

"为什么?父母之命,媒妁之言,小王爷向你求婚,你能做的只有接受,还有其他选择吗?这是咱们祖上烧了高香了。"

金小梅不答话。

"即使你不为自己,也要为咱们这个家着想。咱们的梅谷棋社马上就要散伙了,只有小王爷可以救得了咱们。没了棋社,你吃什么,喝什么?还想玩棋吗?讨吃吧。"

"父亲,一定还有其他办法的,天无绝人之路。"

"这么说,你是不嫁了?为什么?"金铁岭以犀利的眼睛盯着女儿看,想要看到她心里在计算什么。

金小梅一阵心乱。她不知道该如何回答,她说道:"您给我十天时间让我想想。"

"你喜欢上谁了?"

金小梅鼻子一酸,站了起来,走了。张征看着金小梅的背影,一阵揪心。

过了好几天,按照约定的时间,金小梅再次与汪谨会面,他们在上次见面的那条街上相见。汪谨看到金小梅脸上带着一股忧伤,不似之前那么活泼,问道:"发生了什么事?"

"没什么,我想划船,咱们先划船吧。"

于是他们俩便在穿城而过的河流之中划船。两旁的房子倒映在河水当中,河岸上柳树的枝条拂着河水。突然,金小梅吟道:"商女不知亡国恨,隔江犹唱《后庭花》。"

"你怎么想到了这句诗?"

"我问你,如果我是个商女,你还会和我下棋吗?"

"你是个妖怪我都会和你下棋。"

"你才是妖怪呢!"金小梅用手把水花溅起来,溅到了汪谨的脸上。

"你干什么呢!"汪谨有些生气。

"因为你说我是妖怪。我问你正经话,如果我是商女,你还会娶我吗?"

汪谨的心咯噔一下,虽然他知道自己和金姑娘棋逢对手,如同知音一样,但对于她的家世、她的来历一无所知,也许她是天上掉下来的仙子,也可能是吸人精血的妖怪。难道她真的是商女吗?为什么要问这个问题?

汪谨想了一想,说:"我不知道。金姑娘你到底是谁?"

"我是梅谷棋社老板金铁岭的女儿金小梅。"金小梅严肃、冷酷地说了这句话。她仔细盯着汪谨的脸,注意他的反应。

汪谨只是"哦"了一声。他听到了最近父亲要收购梅谷棋社的传言,也为自家棋社的壮大而感到高兴。然而他没有想到的是,他喜欢的人竟然是对头的女儿,不过这似乎要比她是商女好了很多。

"为什么是一声'哦'呢?"金小梅问道。

"小梅,从我第一次见到你的时候,我就喜欢上你了。那时候,你女扮男装,但我总觉得我们如同伯牙和子期一样是真正的知音。我还后怕,自己喜欢上了一个男孩子。我觉得你和其他人不一样,虽有一股柔弱之气,但是柔弱之中透着坚韧。你身着女装的时候简直美极了,仿佛从画中出来的貂蝉、西施,但你又比她们多了一份英气。"

"然后呢?"

"我要娶你,无论我父亲同意不同意。"

"但是现在你父亲害得我父亲家业败落,他们两人又视对方为不共戴天的仇人。"

"没关系,我可以说服父亲,让他放弃收购梅谷棋社。如果我成功了,我把你介绍给他,各种恩怨,大家都相忘于江湖,这样不是更好吗?最后皆大欢喜。"

"希望如此。"

"不必担心,"汪谨紧紧地握着金小梅的手,"相信我。

我们明天此时还在这里相会。"

"好,我等你的好消息。"

汪谨是认真的。他真的想娶金小梅为妻,因为他们一见如故,志趣相投,脾气相合。但是金小梅讲的她父亲和自己父亲的复杂关系是他从来都没有想到的。他在金小梅面前信誓旦旦,但是到了真正开始游说父亲的时候,他还是不由得打了一个寒战。他从小就畏惧父亲,对父亲言听计从,因为父亲给了他一切。父亲给他和丹丝从小结了娃娃亲,他也没有表示过任何反对,因为丹丝是一个端庄、优雅的大家闺秀。然而自从遇到了金小梅,他的世界就天翻地覆。说实话,他下棋的时候比较稳重,这是因为他骨子里是害羞的、懦弱的,他害怕失败,小心翼翼地走着每一步棋,步步为营,以防闪失,而金小梅则什么都不怕,敢作敢当,正是他所仰慕的性格。不过该怎么和父亲说呢?

"父亲,我回来了。"汪文风刚刚教授了金铁岭的那些叛逃的弟子几局残棋,比如海底捞月、老兵搜山。这些人天姿特别愚笨,汪文风压抑着心中的怒火和焦躁,面带笑容地教他们想学的东西,然后让他们一起混练。

"回来了?"看到儿子回来了,汪文风非常开心。汪文风只有这么一个儿子,视他为自己的传人,从小对他的教育非常严格,也许就是这让汪谨内心深处感到不安和害怕。

"父亲——"

"什么事?"汪文风看到儿子一改往常,吞吞吐吐的样子,心里便犯嘀咕。一定有什么不好的事要发生。

"你跟我过来!"汪文风把儿子带到了他们经常谈话的卧室里,点上了檀香炉,烟雾慢悠悠地从香炉里散发出来。他跷起了二郎腿,等待着儿子的坦白。

"父亲,我喜欢上了一个姑娘。"

"哦?这个问题很严重呀。"汪文风一边用茶盖拨着茶叶,一边不以为然地说道。

汪谨的心剧烈地跳了几下,父亲表现出这样的态度,就证明他很难被说服。

汪谨硬着头皮说:"这个姑娘很特别,不仅国色天香,而且还有股高贵的气质,重要的是,她也会下棋,是个下棋高手,和我旗鼓相当。"

"哦,下棋高手?会下棋的女孩,和你旗鼓相当?"汪文风把茶盏放在了桌子上,瞪着眼对儿子说,"还是个下棋的女子。那丹丝怎么办?你们从小就结亲,要陷我于不义吗?"

"我从小只把丹丝当作妹妹看。"汪谨有些犹豫地说。对了,丹丝怎么办?他知道这个姑娘把一身的爱都倾注在自己身上,甚至为了自己可以牺牲生命。想到这些,和之后要说到的话题,汪谨不由得出了一身冷汗。

"你胡说吧。如果你只把她当妹妹看,那你为什么要拥抱她呢？你不是玷污人家姑娘的清白吗？我怎么有这么一个没有担当的儿子！"

"我还是和您说一下金姑娘吧，她真的很不一般。"汪谨的手心里全是汗，他开始变得语无伦次。

"哦，她姓金，会下棋？"

"对，而且她是梅谷棋社金铁岭的女儿。"汪谨不知道哪来的勇气，一口气说出了他的心里话，"我想娶的人就是她！"

"你疯了！不可能！"汪文风话音一落，就把茶盏摔在了地上。他不是一个轻易动怒的人。他一生只发过两次怒，第一次是金铁岭娶了雯雯，第二次就是这一次。

"你个不孝子，为了儿女私情，竟然忘了我们的宏伟大业。你难道不想让我们的棋社成为京城独一无二的吗？你不想通过下棋结交文人雅客、达官贵人吗？金小梅算什么？金铁岭又算什么？婚姻讲究门当户对，你和丹丝正是门当户对，她的父亲在朝里做官，是当朝尚书。这么好的亲事差点让你给搅黄了。你好好想想，一个会下棋的女孩有什么用？当你们穷困潦倒的时候，她能为你做饭，支撑这个家吗？她反而需要一个男人的支持。你懂吗？傻子，好好想想吧！"

父亲说完这些话就离开了，把汪谨一个人留在屋里。汪谨觉得非常矛盾，如果他背叛了自己的心和爱情，他就是一个禽兽不如的东西。然而生活是残酷的，也许父亲说得对，他必须做出妥协。有失去，才有得到。

他又仔细想了想丹丝,从相貌到品行,丹丝确实很好,而且她是一个标准的大家闺秀,结婚之后,也一定会成为一个贤妻良母。金小梅呢?爱情是浪漫的、炽烈的,但爱情之后就是柴米油盐,会让爱情变得平淡、乏味。而人这一辈子也就在争吵和失望之中过去了。

父亲是对的,汪谨心里这么想。他也没有其他的办法,只有服从父亲的意志。如果他要和金小梅在一起的话,唯一的办法就是私奔,这对于金小梅和他的名声都不好,而且他们会成为众矢之的。唉,他叹了一口气。他没办法再面对金小梅了。第二天,本来该去和金小梅相见,他却待在逍遥棋社,拿酒买醉。

汪文风也在一旁不断地喝着闷酒。他更加恨金铁岭了,金铁岭不仅娶走了雯雯,而且他的妖女要抢走自己的宝贝儿子,金铁岭一定要完蛋!

第二天,金小梅像春鸟一样早早地起来,精心打扮着自己。虽然她对汪谨解决问题的办法没有抱多大希望,但她相信爱情。她是个下棋能手,心地纯良,天真烂漫,相信人间没有什么不可调和的矛盾。

昨夜她一宿没睡,满脑子想着和汪谨一起泛舟的情景,想着汪谨那么信誓旦旦的样子,仿佛民歌里的"冬雷阵阵,夏雨雪,天地合,乃敢与君绝"一样。难道这就是她所向往的爱情吗？金小梅觉得即使现在这个家衰败不堪，但依然令人感到温馨和舒适。因为前方是希望。

但是有时候人们所认为的希望只不过是随风摇曳的烛光。金小梅躲开了父亲的盘问，在张征担忧的眼神之下，来到与汪谨约定的地点。她提前一刻到，就坐在凳子上听路边的老人演奏二胡。她想起了他对她说的两个《周易》的预测，还在琢磨是什么意思。

她等了好半天，始终没有见到汪谨的踪影。一个时辰过去了，两个时辰过去了，金小梅等得心力交瘁，心焦如焚。眼前夕阳西下，京城镀上了离别的金色，夕阳下的云如血染一样红。渐渐地云变成了红色的长条，点缀在蓝青色的天空中。夜幕渐渐降临了。金小梅坐的石凳都开始发烫，然而让她沮丧的是，等的那个人一直没有来。

金小梅回到家后，金铁岭板着脸问金小梅去哪了，怎么这么晚才回来。她说心情不好，在河边散步。"你心情不好就散步？考虑过家人吗？"父亲怒吼道。

金小梅没有吱声。此时，她只觉得筋疲力尽。父亲见女儿这么古怪，也不忍心打她。他叹了口气，说道："小王爷来找你了。他说明天想约你去爬山，如果你愿意我就让人捎个信儿，明天他来接你。"

金铁岭以为女儿会拒绝，然而她淡淡地回答了一句"好的"。这一句话里没有了她身上所有的傲慢。

第二天一大早,小王爷就派轿子过来接金小梅。金小梅木然地坐在轿子里,没有任何表情。所有关于爱情的梦想都破灭了。她看错了一个人,爱上了一个不该爱的人。这让她对逍遥棋社更加仇恨。父亲的近况以及汪谨的背叛在她的胸中燃起了一股猛烈的怒火,她要撕毁一切美丽,把一切色彩烧成灰烬。

朱文纯在山脚下等着她。"我还以为你不会来了呢!"朱文纯高兴地说,一点都没有架子。朱文纯说话依然是那么让人舒服,可是金小梅就是很难爱上这个人。

金小梅抿嘴一笑,说道:"小王爷邀请,我怎么会不来呢?"

朱文纯兴奋极了:"你能爬山吗?要不我让他们把你抬到山顶?"

"不用,我自己就可以的。"金小梅依然灿烂地笑着。

朱文纯依言让轿夫在山脚下等着,就和几个仆人连同金小梅一起往山顶上爬。

他们气喘吁吁地爬到了山顶。朱文纯和金小梅背靠着一棵树坐了下来,周围的一切都映在眼底。两人欣赏着京城的景色。

"喜欢这里吗?"朱文纯问金小梅。

金小梅点了点头,有种心旷神怡的感觉。

"我喜欢这里。会当凌绝顶,一览众山小。京城有繁华之处,也有普通人的贫民窟,生活在地沟里的人们……一切一切尽在眼底,让你欣赏人间的美好,也包容了世间的丑恶。"

"这个世界本来就是不公平的。"朱文纯愤愤地感叹道,"我很幸运,天生锦衣玉食,但是那些穷人,则抽了一个坏运气的签。"

"那你理想的世界是什么样的呢?劫富济贫吗?"金小梅有些愤世嫉俗地问道。

"我不知道,但是我不能忍受贫民窟肮脏的街道和穷人的眼泪。"

接着,朱文纯看着金小梅说:"红颜更薄命,这个世道对如水一样的女子更加不公了。这就是我为什么格外欣赏你的原因。你身上有种桀骜不驯的气质,让我们这些须眉都汗颜。"

金小梅乐了:"你真会夸人!"

"你还愿意嫁给我吗?在了解我的为人之后。"朱文纯期待地看着金小梅,问道。

金小梅觉得嗓子有点堵,她很不忍心伤朱文纯的心,但是她无论如何都不喜欢他。

"我知道了,可以告诉我为什么吗?既然我们是朋友。"朱文纯见她沉默,心里了然。

金小梅很信任眼前的这位小王爷,她开始用另一种眼光欣赏他,于是大胆地告诉了他自己的心事。她缓慢地讲了自己是如何倔强地要学棋,如何不顾旁人异样的目光,以及自己怎么跑到逍遥棋社和汪谨相遇,如何与他下棋。本来沉醉于爱情之中的她,之后又如何得知汪文风,也就是汪谨的父亲使用奸计陷害她的父亲。后来她为什么抱着一线希望去找汪谨,希望事情有所转机。在她期望两家可以结成秦晋之好时,汪谨却背叛了她。

说罢,金小梅流下了眼泪。眼泪被山风吹干,却在脸上留下了道道泪痕。

"你的棋下得很好吗?我的意思是,你算国手吗?"朱文纯听了,沉默了片刻,问道。

她很感激朱文纯没有评论自己的行为有没有合乎礼节。她点了点头,说:"我的棋艺要比我父亲还好。"

"这就行了。我帮你出个主意,我做证人,你们梅谷棋社给汪文风和逍遥棋社下战书,时间就定在八月十五,在我举办的象棋比赛上。如果你赢了,让他放弃收购梅谷棋社,如果你输了……"

"我是不会输的。"金小梅柔声却坚定地说。

"好,如果你赢了,我会帮助你重振梅谷棋社,你做馆主,把梅谷传奇发扬光大。你不用着急,你不想嫁给我,我也不着急娶你。其实,有时候我觉得你是对的。我们更适合做朋友。我之所以要帮你,一来因为你是我的朋友;二来,我不喜欢光天化日之下的抢劫,尤其是汪文风这样表面上看那么文质彬彬的人。总要有人主持正义。"

"但我要告诉你,小梅,我一生的最爱永远是你,因为我永远得不到你。但你能给我友谊,有红颜知己如你,我心满意足。"朱文纯接着说道。

金小梅朝朱文纯微微一笑。两人达成了默契。

回到棋社后,张征告诉金小梅,揉揉离开了逍遥棋社,突然间消失了,汪文风感到十分愤慨。张征带着幸灾乐祸的语气,只有金小梅感到隐隐的担忧。

揉揉去了泸定棋社,找到了王天惊。

当王天惊看到揉揉时,他浑身颤抖着,不好的回忆浮现在眼前。揉揉把剑放在了桌子上,直截了当地说:"我父亲死了,为了那个宝藏和棋书。"

"你来找我干什么?"

"我需要帮手和我一起找那个宝藏。我一直不喜欢我父亲利用我的妹妹,我想给我妹妹报仇。既然你我都有亲人为了宝藏而牺牲,我们俩也都是苦命的人,让我们一起找宝藏吧。"

王天惊犹豫着,狐疑地看着揉揉,怀疑揉揉的动机。

揉揉拿出两本《梅谷棋谱》,对王天惊说:"这两本书都在我手里,你还有什么犹豫的?我们可以叫上一拨人和我们一起去,谁知道会遇到什么危险。我们在八月十五棋赛的那天见面如何?"

下卷是揉揉从汪谨的书架上偷走的。

王天惊点了点头,于是僵硬地和揉揉握了握手。

十五　梅谷残局

　　金小梅的父亲金铁岭本以为女儿会和朱文纯结婚,来解决这场危机,没想到反了过来,金小梅竟然决定参加象棋大赛,而且给逍遥棋社的老板下了战书。这件事情在京城传得沸沸扬扬:一个十八岁的女孩给大名鼎鼎的逍遥棋社的富商老板下了战书。这件事甚至传到了皇帝的耳朵里。皇帝要求他们下棋的时候一定要打谱。好些年来,一直都没有国手出现,现在这位女子或许会成为传奇。

　　金铁岭得知金小梅有朱文纯在背后支持,也就没反对。在大赛的前一天,金铁岭把女儿叫到书房里,对她进行最后的点拨。

　　"你准备怎么开局?"

　　"占勒道。"

　　"攻还是守?"

　　"观察,等待机会。可能我会走仙人指路。"

　　"如果车被吃了,还能赢吗?"

　　"看情况。兵家要巧胜,以将死为目的。"

　　"你最擅长用的是什么?"

"是马。一马可以困荆州。"

"好。棋有规律吗?"

"没有。棋如人生,千变万化。"

"你知道我们只有《梅谷棋谱》的上卷吗?"

"知道,'得先'和'让先'只是一个形式,棋局是不断变化的。'得先'亦可'让先','让先'亦可'得先',关键看你怎么下。"

"好了。好好休息吧。"金铁岭看到女儿这么执着、这么自信,就放心了。他看到金小梅走出了房间,欣慰地想,当初教她棋是正确的选择。

然而,此时金小梅还在期望着什么。她还喜欢一句古诗:"酒以不劝为饮,棋以不争为胜。"

比赛在朱文纯的安排下,在他府上的一个花园里举办。金小梅穿着女装,衣带飘飘,在风的吹拂下,显得如此坚强又弱不禁风。

几乎全城的男女老少都关注着这场比赛,大家都想一睹金小梅的风采。

金小梅坐在棋桌前,等着汪文风的到来。汪文风果然来了,只不过一同前来的还有面色苍白的汪谨。

汪文风说:"小丫头,我年龄大了。如果和你父亲对弈,我愿意,但是和你,岂不是倚老卖老,欺负小孩?不过既然你要比，我就让我儿子和你下，你们年龄相仿，我儿也得到了我的真传。这样比较公平。"

这回轮到金小梅面色苍白了。一旁的朱文纯打量了一下汪谨，也观察到了金小梅面色的变化，有些担心地问："你没事儿吧？"

金小梅摇摇头，保持着自己的风度，嘴边带着一丝谐谑，说道："汪公子请。"

汪谨战战兢兢地坐了下来，却依然不安。一旁的朱文纯心里感叹道，他和汪谨相貌差不多，他自己更阔绰，追求他的女孩可以排一条街，唯一不同的是汪谨会下棋而自己不会。然而偏偏他爱上的女孩喜欢上了一个没有胆量的男子。人世间多少无奈呀！

金小梅清楚，对于梅谷棋社来说，这是一场生死局，除了获胜，她没有其他选择。于是她移动了棋子，走了当头炮，等待着汪谨走下一步。

然而汪谨坐在那里，面色苍白，他犹犹豫豫地走了一个屏风马，来应对金小梅的攻击。汪谨觉得自己的心沉入海底一般地平静。每一次落子的时候，汪谨都要花费比往常多一倍的时间。金小梅敏感地发现，汪谨完全不在状态。

汪谨觉得自己每走一步都带着怨气。父亲对他说的话时不时地出现在他脑海里。"我们逍遥棋社的名号需要你为大家赢得，你必须赢棋。"汪谨突然想到了之前父亲的威胁，说必须胜了金家的丫头,和她一刀两断,之后立刻娶丹丝为妻。他又想到自己和金小梅如何情投意合,心心相印。他犹豫不决,走了一个卒子,这是一步错棋,眼疾手快的金小梅立刻抓住了汪谨的弱点。金小梅的马吃掉了他的卒子。这时,在场的所有人都屏气凝神,等待着汪谨走出下一步。汪谨僵硬地坐在那里,内心感到极度痛苦,在野心和爱情之间进行复杂的选择。他意识到和小梅的棋,自己其实早就输了。这么一想,汪谨倒是变得很坦然。

突然,他松了一口气,站了起来,令所有人吃惊的是,他说:"我放弃了。"

汪文风怒气冲冲,大骂汪谨是畜生,在这么多人面前给逍遥棋社丢脸,惧怕一个女娃娃。汪谨这一次不顾父亲的咒骂和反对,再一次做出了令所有人都惊奇的举动。他对金小梅说:"小梅,原谅我的软弱。这盘棋我怎么都下不了,因为我喜欢你。你愿意嫁给我吗?"

金小梅吃了一惊,她没想到汪谨会在这个自己认为的生死局上,向她求婚。她一时不知所措。她的父母以及朱文纯都站了起来。最紧张的还是朱文纯。

就在她不知道该怎么办的时候,她瞥到了汪谨身后的丹丝,看到这位姑娘满脸绝望和忧伤,如同琴弦断了的感觉,一切音乐都戛然而止。突然金小梅变得非常理智和清醒,她明白对于这场复杂的人生之局,该如何做出选择。她选择自我

牺牲。

于是金小梅抿嘴一笑,故作欢快地说道:"这样太滑稽了。光天化日之下,逼婚吗?你看后面的那个女孩,她在等你,一直等着你。"

汪谨往后一扭头,看到丹丝晕了过去。他不得不跑过去扶丹丝。

金小梅定了定神,接着和其他对手下了几盘棋,都很轻松地以赢棋而结束。下完棋后,金小梅感到意犹未尽,她迎着观众,骄傲地挺起胸,昂着头,一副女国手的样子。

这时,朱文纯舒了一口气。他宣布比赛结果:"逍遥棋社不战自败,其他棋社的弟子都没能赢得了金小梅。按照我们之前的规定,金小梅赢了比赛,从此,梅谷棋社重新开张。"

对于这样的结局,大家一片欢呼。

可是,金小梅忘不了汪谨离去时令人断肠的眼神,她感觉自己的心如同被刀子剜了一样。但这就是人生,不是吗?她不能怪自己,也不能怪汪谨。命运的手翻手为云,覆手为雨,她所能做的只有接受、原谅、忘记。

朱文纯在金小梅耳边说道:"你还好吗?"

"还好。"金小梅微微一笑。突然,金小梅敏锐地看到揉揉和一堆乌合之众悄悄地离开了赛场,她快步跟了过去。

"小梅,你去哪?"朱文纯担心金小梅的安危,也跟了过去。

金小梅看着他们前去的方向，猜想他们是奔着梅谷的宝藏去的。她脚不停歇地走了好几里，来到了一个幽深的峡谷里。这个峡谷就是传说中的梅谷。她想着那首诗，终于来到了谷中的小溪边。她沿着小溪一直走到了尽头，发现了一个山洞。洞外面果然有两个陶俑、一件战马雕塑和一辆生锈的战车。

金小梅看着峡谷的景色。现在正值初秋，树叶的颜色还没有变黄，山上的树木非常茂密，能遮盖整个天空。阳光从树叶的缝隙洒到地面上，映在溪水中，波光粼粼。一条瀑布从山崖上直泻而下，仿佛银河从九天之中落下。

"看，那里有个大棋盘。"朱文纯说道。

金小梅随着朱文纯指的方向，看到了松树下的一个石制的棋盘。金小梅眼前浮现出多年前父亲在这里与师兄弟切磋棋艺的情形，不由得有些感伤。在这里，每一块石头都有着呼吸和生命。

棋盘附近有一座茅屋，似乎已经荒废了很多年。他们走进屋子，发现床被灰尘覆盖着，锅灶早已废弃在那里。金小梅感到无比伤感，也许自己和所经历的一切渺小得都只是历史的一部分，都将会变成尘埃。

他们走出小茅屋，决定继续探索。两人在洞口犹豫着，不知道是否该进去。

"这就是传说中藏宝的地方。"金小梅对朱文纯说。

突然,他们觉得后背一凉,两个人双双被绑住了。揉揉和王天惊一伙人不知何时来到了他们背后。

"所以,你们找到书中的秘密了?"王天惊在朱文纯和金小梅面前晃着刀问。

金小梅没有回答,而是用鄙夷的目光看着他们。她迅速地思考着如何尽快摆脱这场危机。

揉揉觉得金小梅的眼神落在他的身上如火一样,让他感到非常不舒服。他说道:"你们两个今天就命休于此。宝藏是我们的。"

"你们敢!我可是当今皇帝宠爱的小王爷!"朱文纯带着威严说道。他希望自己的头衔可以给这些蟊贼一些威慑。

王天惊哈哈大笑道:"谁能知道我们在荒郊野外杀了一个小王爷和美人呢?"

朱文纯闭住了嘴,知道现在不能和他们硬来,必须想到一个逃生的办法。金小梅意味深长地看了朱文纯一眼,示意他不要说话,却灵机一动,说道:"你们知道为什么我父亲的棋社叫作梅谷棋社?"

"为什么?"

"因为我父亲早就知道宝藏的秘密。"金小梅故弄玄虚地说道。

"胡说八道,如果你们真的知道宝藏的秘密的话,为什么不早过来呢?"

"因为我们发现棋谱本身要比宝藏更有意义。"金小梅的眼睛闪着光说,"我想和你做一个交易,我要回棋谱,你们进去拿宝藏。对于下棋的人来说,棋谱是比命都重要的。"

王天惊不想自己的刀子上沾太多鲜血,他的内心深处一直期待着美好的生活。听了金小梅的话,他开始犹豫了。

金小梅认真地说道:"如果你们不相信我们,可以把书给我们,看着我们离去,你们再进洞。我们根本不在乎什么宝藏,一个是女子,一个是小王爷,我们要那么多财宝有什么用?"

王天惊动摇了,他看了看揉揉。揉揉哼了一声,说道:"我们先进去,就把他们俩绑在这里吧。让他们自生自灭。"

"好!"一伙盗贼推开了洞口的门,点了一根火把,走了进去。

金小梅叹了一口气,总算死里逃生了。她和朱文纯互相帮忙,解开了绑在手上的绳子。朱文纯不高兴地说:"你为什么让他们去拿大明的宝藏呢?"

金小梅讽刺地说:"小王爷,您是要命还是要那宝藏?"

"我只是觉得有些不公平。"朱文纯的脸红了。金小梅说到了要紧处。

"我告诉你,我觉得祖师爷一定在藏宝的地方设下了很多机关,以免宝藏被盗,进去的人一定九死一生。那些只寻求财富的人,一定会受到祖师爷的惩罚。现在这些人已经走了错误的一步,他们可能永远都出不来了。"

"那我们怎么办?"

金小梅笑笑:"其实我也很好奇,不如我们也进去看看。"

朱文纯点点头,他为即将的冒险而感到激动。

他们走进了洞里,里面漆黑一片。突然朱文纯踩到了什么,他大叫了一声,金小梅忙捂住他的嘴,以防引起别人的注意。金小梅把火把放低,看到了一具尸体。金小梅仔细看了看周围,一共有五具尸体,都是被乱箭射死的。金小梅说得果然不错,这里有机关和陷阱。

突然,朱文纯又尖叫了一声,在火把下,金小梅又看到有五具尸体躺在面前一块用石头做的大棋盘上。

"这些人都死了吗?有活着的吗?"朱文纯问道。

金小梅没有回答,因为他看到有一个人在棋盘上移动着,这个人不是别人,正是揉揉。

"你们在这儿干什么?想抢我的宝藏吗?没门,整个宝藏都是我的。"揉揉上气不接下气地说。他一边说,一边苦思冥想要解决眼前这盘棋局,然而他每移动错一个子,就会引发一阵乱箭射下来。

"天啊,你都快死了,还做着贪婪的美梦,真是恬不知耻。"金小梅厌恶地说,"你一定会在地府里找到好多宝藏。"

突然揉揉觉得怒气冲天,他没了力气移动棋子,吐出一口血来。

他挣扎着抱着石头做的棋子,鲜血如同梅花一样落在了棋子上。揉揉突然放声大笑,一瘸一拐地站了起来,接着他疯疯癫癫地走出了山洞,一边说:"金钱不能带来幸福,只能带来死亡。"

朱文纯看着揉揉这样,不由得发怵。他问道:"这个人怎么了?"

"他疯了,不死也活不了多久。"金小梅耸耸肩道。

"王天惊呢?怎么没有看见他?"朱文纯警惕地问道。

金小梅突然看到有一个蠕动的物体爬到了棋盘上,准备移动棋子。

"别动它,那是错误的!"金小梅赶忙喝止他。

突然,王天惊颤悠悠地站了起来,说道:"对不起,我走错了,饶我一命。"

王天惊的瞳孔放大,展示出前所未有的恐惧,一支箭从洞顶射了下来,王天惊就这么死了。

"我说过他得小心的。"金小梅耸了耸肩膀。

"我们该怎么办?"朱文纯问道,"我们出去吗?"

"不用。"金小梅盯着棋盘,说道。

"为什么?"

"因为我知道这棋怎么走。"

金小梅不再解释,而是开始移动石头棋子。

炮七退六,象九进七。

炮七平六,象七退九。

炮六进八,象九进七。

炮六退五,象七进九。

帅六平五,象七退五。

突然,棋盘后面的石门打开了,金小梅走在前面,朱文纯跟了进去,他们看到了一座金色的宝藏,成千上万的金锭在火光下金光闪闪,里面还有各种首饰和珠宝。

"父亲告诉我,这是祖师爷田思义搜集起来的,用作和蒙古人作战的储备。"金小梅打量着这个房间,突然看到了一幅田思义的画像。金小梅跪了下来,朝着画像一拜再拜。

朱文纯惊讶地打量着四周,问金小梅:"你打算怎么处理这些宝贝?"

"你记得那首藏宝诗的最后一句话吗?"

"雄如刘项亦闲争。"

"对,我打算把宝藏就放在这里,纹丝不动。什么时候朝廷需要了,尽管过来拿就是。"

"人们都说田思义是国手,我觉得你不亚于他,你是女中豪杰呀!"朱文纯感叹道。

"那你想要什么?"朱文纯突然好奇地问。

金小梅说道:"我想要的都有了。"

十六　尾声

皇帝听了朱文纯讲的故事,唏嘘不已。他命令金小梅掌管梅谷棋社,鼓励达官贵人过去对弈。渐渐地,小梅的棋社兴盛起来,来客络绎不绝。

朱文纯等了金小梅几年,但三年之后,他也结婚了。不过他还是常常拜访梅谷棋社,给金小梅的经营提出各种建议,两人一直都是好友。

象棋大赛之后,汪文风突然变老了,不愿意多管事,把棋社完全交给了儿子打理,他也没有再怪罪儿子放弃了那次对弈。金小梅的身形像极了当年的雯雯,每每想到这,他的心里就有一种罪恶感。

唉,如果不是自己内心的恐惧和懦弱,以及对金铁岭敢作敢为的妒忌,他一定不会设法搞垮梅谷棋社的。想起当年他们在梅谷冲虚道长那里无忧无虑地学棋、对弈的生活,汪文风不由得感到怀念。那段时光是自己最快乐的日子了。如果他的心未变,还会反对儿子对自己真爱的追求吗?汪文风常常这么回忆着,思考着。但他永远不会知道答案。

汪谨还是依照承诺娶了丹丝,不是出于爱情,而是出于一种责任。汪谨、丹丝,以及金小梅后来成了无话不谈的朋友。

一天,金小梅再次走入逍遥棋社,看到了一个小孩,这是汪谨和丹丝的孩子。金小梅笑着问他:"你叫什么?"

"我叫小松。"

金小梅突然感到一阵暖流,知道汪谨是在纪念和自己的爱情,也就释然了。自己叫作小梅,汪谨的儿子叫作小松,梅花和松树都是岁寒三友之一。

这时,汪谨和丹丝走过来,他们寒暄了几句,然后金小梅笑着问汪谨:"你父亲在不在?"

"在。怎么了?他在内屋里休息,不想见人。"

"我母亲让我把这个交给他。"金小梅笑着拿出了一块镶金边的旧手帕,上面的鸳鸯依稀可见。

"这是什么东西?"汪谨觉得很好奇。

"别管什么东西了,一定要给你父亲。"金小梅笑着说。

"好的。"

他们又聊了一会儿,小梅就笑着起身离开了。金小梅走后,汪谨拿着手帕敲开了父亲的门。

"什么事?"

这时,汪谨看到父亲已经两鬓斑白,成了一个老人。

"刚才金小梅过来了。她说她母亲让她把这个交给你。"

汪文风立刻来了精神,他接过那块镶金边的手帕,一下

子就认出是当年雯雯给自己的定情信物。

"哈哈,相濡以沫,不如相忘于江湖啊!"汪文风热泪盈眶。

金小梅继续经营着梅谷棋社,红颜随着岁月的流逝而不断衰老,但她依旧孑然一身。她深知终有一天,一定有人的棋技可以超过她。她简单地生活着,但她永远不承认自己是一代国手,尽管她的确配得上这样的荣誉。

佳人棋事

后　记

　　我的父亲是个棋迷，从小受到父亲的熏陶，我也喜欢上了中国象棋，后来到了波兰留学，在闲暇的时候学会了国际象棋。因为我对象棋的痴迷与热爱，下国际象棋的时候，一直希望可以把中国的象棋文化用英文介绍给世界，而且可以用一种他人可以接受的方式来讲述。这就是小说创作之初衷。

　　中国象棋和国际象棋展现了中国文化和西方文化的差别。比如中国象棋的棋盘上的一些位置可以是关键的战略位置，中国象棋中没有"后"这个关键的棋子，但多了"炮"这一兵种。因为中国象棋是在宋代成型的，而两宋时期，火药武器发展很快。

　　而国际象棋则是由印度传到欧洲的，经过一系列的改进，兵种反映了欧洲的文化。后（女王）的地位很高，因为在欧洲，通过女王的联姻可以扩大一个国家的疆域和领土，增强一个国家的威慑力。国际象棋的小卒很厉害，如果到了对手的棋盘边界，就可以换取任何一个棋子。国际象棋的棋盘和中国象棋的棋盘不太一样，没有关键位置，却有一马平川

的感觉。我觉得这和欧洲的地形有关。欧洲大多数地区以平原为主,而中国的地形更加复杂。

我同时用英语写了这个故事,并在澳大利亚同步出版。之所以把这个故事用英语讲述,是因为国际上关于中国象棋的著作很少,或者说几乎没有。另外,中国的象棋文化与孙子的兵法文化相通,和国际象棋的文化又有区别。因此把中国的象棋文化用英文介绍出来是一件非常有意义的事情。

此书是以武侠小说的形式来写象棋的故事。武侠小说也是中国文学特有的形式,而用英语讲中国的故事,能让更多人接受中国的文化。

在写英文版的《佳人棋事》的时候,外国的编辑问我象棋是源自中国还是印度。若是源于中国,为什么象棋会有"象"这个棋子? 我解释道,以我的理解,象棋中的象和宰相的"相"谐音,宰相关乎一个国家的社稷,所以象棋中的象也非常重要,占有防守的重要地位。因而,我认为象棋起源于中国。

为了写这本小说,我研习了象棋的古谱《橘中秘》。象棋有两大古谱,一个是《橘中秘》,另一个是《梅花谱》。为了使故事的情节更有意思,《橘中秘》在小说里被用作了一本奇书《梅谷棋谱》的原型,里面藏有宝藏的线索。小说中对《梅谷棋谱》内容的引用实际上就来自《橘中秘》。《橘中秘》分为上卷和下卷,上卷为"得先",下卷为"让先"。小说中安排两家棋社一家拥有上卷,另一家拥有下卷,最后两家棋社开始较量,由此提出了一个有趣的问题,如果"得先"和"让先"在一起比赛,谁会赢?我得出的结论是,不按章法、随机应变、行云流水的棋风才会赢,而根本不在于是"得先"还是"让先"。

　　下棋教会了我很多东西。最初赢棋的时候,我会特别兴奋,输棋时又特别遗憾。时间长了,我终于可以平淡地接受赢棋和输棋,悟出了"胜败乃兵家常事""三思而后行""落子无悔"等道理,以及"观棋不语真君子"的棋德。人们都说喜欢下棋的人喜欢纷争,下棋,争的是棋盘上的智慧,也是生活中的智慧。我却认为大棋手一定是拥有大胸襟的人,能够做到以不争为胜。小说中写到了下棋的感受和我的一些感悟,若有不正确的地方请读者多多包涵。

冯 萍

2021 年 6 月 2 日